Varsavia

Un romanzo sulla Seconda Guerra Mondiale

RICHARD G. HOLE

Varsavia
Un romanzo sulla Seconda Guerra Mondiale

Richard G. Hole

Seconda Guerra Mondiale

SINOSSI

L'insurrezione, a Varsavia, dell'Esercito di Resistenza Clandestino Polacco fu un atto d'armi avvenuto nella Seconda Guerra Mondiale, non senza importanza.

La vicinanza delle truppe russe diede ai polacchi speranze di successo che insorsero a Varsavia, confidando nell'arrivo dei soldati del maresciallo Vatupin.

Per sessantatré giorni, tedeschi e polacchi combatterono ferocemente per il possesso della città.

Il destino di Varsavia ha continuato a essere giocato nel corso della storia.

Varsavia è una storia appartenente alla raccolta della Seconda Guerra Mondiale, una serie di romanzi di guerra sviluppati durante la Seconda Guerra Mondiale.

VARSAVIA

CAPITOLO I

AI MARGINI DI GUERRA

Faceva freddo. Aleska sollevò il bavero del cappotto estivo e camminò per le strade. Le persone che le passavano davanti le lanciavano una breve occhiata e continuavano per la sua strada. Cominciava a farsi buio e la vicinanza della guerra fece sì che in quell'anno del 1943 nella città di Varsavia tutti si ritirassero al più presto.

Aleska aveva terminato il suo lavoro negli uffici della Società Svizzera di Lavatrici, dove si trovavano i suoi servizi, e stava andando all'appuntamento che aveva preso.

Con lei incrociarono diversi soldati tedeschi, annoiati e disorientati, che cercavano un posto dove divertirsi. Uno di loro la fermò e le chiese in un polacco stentato:

"Non puoi dirci dove ceneremo?

Aleska si strinse nelle spalle e continuò per la sua strada. Dal fiume proveniva una forte corrente d'aria e si alzava una nebbia che si diffondeva per le vie vicine.

Nell'attraversare uno dei ponti della Vistola, verso Stare Miasto della popolazione, scorse una colonna militare che si dirigeva verso la stazione, con passo ritmico, a testa alta e cantando fiera.

Aleska rabbrividì, rannicchiata nel cappotto. Nonostante fosse il mese di luglio, le notti erano fresche. La ragazza non prestava attenzione alle persone che la guardavano. Aveva ventisette anni ed era abituata a questo. Alta, formosa e slanciata, la sua figura sportiva ed elegante ha attirato l'attenzione fin da giovanissima. Il suo viso roseo, dai tratti classici, esercitava una viva attrazione sugli uomini, che non cessavano di lodare i suoi profondi occhi azzurri, né le sue labbra, rosse e ben disegnate. I suoi capelli biondi, di un color oro antico, erano raccolti in una crocchia, che le aveva appena conferito un'aria statuaria che la sua espressione sincera e decisa spezzava.

Attraversò i ponti, diretto all'appuntamento che aveva preso. Un gendarme le fece un cenno, costringendola a fermarsi. Soldati armati e truppe sono stati visti in camion.

Aleska le mostrò il passaporto e il gendarme la lasciò passare dopo averla salutata. Ha sentito un commento di un cittadino su un soldato tedesco morto e una recente sparatoria. Non presto molta attenzione, preoccupandomi solo dell'appuntamento a cui stava andando e temendo che l'incidente l'avrebbe impedito.

Il vecchio quartiere di Varsavia, con le sue strade buie e strette e gli edifici sporchi, non sembrava carino. Ma la ragazza continuò in silenzio. Alla fine arrivò in un ristorante ampio e profondo.

Aleska gli si avvicinò, guardandolo. La persona che cercava sembrava non esserci e si sedette a un tavolo, ordinando una tazza di tè nero. La clientela era composta quasi esclusivamente da polacchi, comprese alcune divise tedesche.

Il grande bancone, su cui poggiava un'enorme caffettiera, era gremito di gente.

Camerieri, vestiti con costumi antichi, passeggiavano di tavolo in tavolo, servendo la clientela. Il fumo di sigaro e il mormorio della conversazione creavano un'atmosfera densa.

Improvvisamente la porta della strada si aprì e un giovane nome, sui ventitré anni, vestito con un impermeabile di pelle e coperto da un cappello floscio, entrò nel locale, avvicinandosi al bancone. Aleska lo guardò appena, tenendo d'occhio il suo tè. L'uomo si guardò intorno e poi si appoggiò al bancone. Prese una sigaretta da un pacchetto e l'accese con cura, sventolando il fiammifero in aria.

Pochi secondi dopo, un altro uomo è entrato nel ristorante. Era alto e forte, dall'aspetto elegante. Avrebbe compiuto trentadue anni. Indossava un cappotto di pelle, stretto in vita, e aveva i capelli biondi e nudi. I suoi lineamenti distinti avevano un'impronta di energia e audacia, velata da un'espressione amara e concentrata. I suoi lineamenti virili lo avrebbero sempre fatto risaltare come un bell'uomo. Le sue pupille chiare avevano uno sguardo dritto e fermo. La sua carnagione abbronzata indicava un uomo abituato alla vita all'aperto e qualcosa in lui tradiva il militare di professione.

Si avvicinò al tavolo dove era seduta la ragazza. Sorrise, tendendo la mano.

Ciao, Aleska.

Rispose, contraendo le labbra rosse:

Ciao Stanislao.

Il nuovo arrivato si sedette al tavolo, ordinando da bere. Seduto di fronte alla porta accanto alla ragazza, teneva la mano destra nascosta nella tasca del cappotto. L'altro uomo era al bancone, nella stessa posizione.

"Scusa se sono in ritardo", disse Stanislas, "ma la polizia chiedeva documentazione.

Aleksa annuì.

"Li ho visti. Avevo paura che non saresti venuto all'appuntamento.

L'uomo sorrise, guardandola con malcelata tenerezza.

"Ci vorrebbero molti soldati per impedirmi di incontrarti.

La ragazza giocò un attimo con la sigaretta, poi aggiunse:

«Perdio, Stanislas, non esporti inutilmente.

"Pensi che vederti sia una cosa inutile?

Aleska guardò in basso per un momento. Fu lento a rispondere e alla fine esclamò:

"La nostra amicizia è abbastanza ampia e sincera da farmi capire che un giorno potrebbe essere impossibile per te venire.

"Amicizia?

La domanda di Stanislas era così diretta che la ragazza non sapeva cosa rispondere. Poi disse di nuovo:

"Dopo tutto, sono uno straniero.

Il polacco annuì.

"Fortunatamente sei straniero e, in quanto svizzero, non devi schierarti con nessuna delle due parti. È una fortuna in momenti come questo, per una donna, poter stare fuori da tutto ciò che accade.

Aleksa scrollò le spalle.

"Comunque, io sono qui e un'amicizia si unisce a te.

"Amicizia? Stanislas disse di nuovo.

Per la seconda volta non rispose. Cambiando discorso, e guardandolo fisso, domandò:

"Quando tutto questo sarà finito, cosa pensi di fare?

Scrollò le spalle.

"Prima di tutto, non so se tutto questo finirà mai e se sarò vivo. Ma posso assicurarti che non ho più piani per il futuro. Credevo che le circostanze non potessero troncare la mia vita. Il capitano Stychel della cavalleria polacca era sicuro di sé. Poi è scoppiata la guerra e ho dovuto guidare i miei lancieri contro i carri armati tedeschi. Non ho mai creduto che le circostanze mi avrebbero messo in questa situazione. No, non sto facendo piani. Vivo alla giornata e domani Stanislas Stychel farà ciò che le circostanze impongono.

Aleska esitò un attimo.

"Se volessi, potrei procurarti un mezzo per uscire dalla Polonia e andare in Svizzera. Lì potresti ricostruire la tua vita o marciare con le truppe di Anders.

Ha negato con la testa.

"Seguo la mia fortuna, senza fare progetti. La realtà di oggi prevale.

CAPITOLO II

IN GUARDIA

L'edificio Komandatur, uno degli edifici più grandi e antichi di Varsavia, era circondato da automobili. Le truppe che stavano di guardia all'esterno dell'edificio apparivano nervose e irrequiete. C'erano troppi manager di categoria, capaci di scoprire un dettaglio fastidioso sull'uniforme di un soldato e accusarlo di una stagione di arresto. Da bravi veterani, avevano immaginato che quel giorno sarebbe stato fastidioso, e lucidarono i loro vestiti e gli emblemi di metallo fino a farli brillare. Gli stivali ben oliati sembravano un ricevimento.

Con gli elmi trattenuti dal sottogola, i soldati restavano immobili, fucili in spalla, mentre personaggi importanti entravano e uscivano.

Si fermò un'auto da campo, guidata da un robusto soldato con la faccia segnata dal sole e dalla neve, con gli stemmi degli assaltatori. Il soldato saltò a terra e aprì la porta. Apparve un ufficiale alto e snello, dall'aria distinta e dall'uniforme irreprensibile, seguito da un altro ufficiale più giovane e dall'aspetto sportivo.

Il primo ufficiale rispose marziale al saluto dell'autista e si diresse verso il quartier generale. I suoi stivali luccicavano e l'uniforme era ben tagliata e adattata alla sua figura atletica. Sulle spalline portava gli stemmi di un tenente colonnello. Il berretto intrecciato gli copriva i capelli biondi e oscurava il suo viso segnato dalle intemperie con tratti energici e virili. La sua mascella sembrava aggressiva e dominante. Le sue pupille grigie avevano uno sguardo altero e diritto. Una cicatrice correva dalla tempia al mento, ricordo di un combattimento. Aveva solo trent'anni e comandava il battaglione d'assalto di stanza a Varsavia. Il suo nome Peter von Ritcher, rappresentava quello di un'antica famiglia di junker prussiani, tutti militari, e anche quello di un eroe di tutte le campagne condotte dall'esercito tedesco in quella guerra. Aveva iniziato la guerra dei tenenti, ma ben presto si distinse e ricevette medaglie e ferite. Le promozioni furono rapide, ma il suo carattere non cambiò minimamente, e proprio come il tenente von Ritcher era stato uno degli ufficiali più allegri ed eleganti della società berlinese, il tenente colonnello von Ritcher era ancora in campo, conservando il suo ben curato abiti e manierismi aristocratici. Il battaglione che comandava lo avrebbe seguito all'inferno, e non c'era soldato che non fosse orgoglioso di obbedirgli. Il tenente colonnello von Ritcher era ancora sul campo, conservando i suoi abiti ben curati e i suoi modi aristocratici. Il battaglione che comandava lo avrebbe seguito all'inferno, e non c'era soldato che non fosse orgoglioso di obbedirgli. Il tenente colonnello von Ritcher era ancora sul campo, conservando i suoi abiti ben curati e i suoi modi aristocratici.

Era seguito dal suo vice capitano, Schulz, ventitré anni, che era solo un cadetto quando scoppiò la rissa. Ma aveva avuto una buona corsa ed era soddisfatto.

Un ufficiale del personale ha accolto Peter all'interno dell'edificio. Von Ritcher si tolse il berretto e chiese:

"Mi hanno chiamato per avvisarmi del trasferimento?

"No signore. Questo è un incontro importante. Il generale la aspetta.

Pietro fece una smorfia ed entrò in una vasta stanza, ricoperta di piante della città e nella quale si erano radunati i capi di tutte le unità di guarnigione. Ritcher si piazzò davanti al suo generale, un uomo di mezza età, dritto e burbero. Una volta seduto, mentre il generale Schellenberg si preparava a parlare, Peter osservò i colonnelli e i tenenti colonnelli riuniti. Accanto al generale c'era un ufficiale corpulento con la faccia acida. Era il colonnello Haller, capo della polizia. Dall'altra parte c'era un maggiore con la faccia grigia e gli occhi vuoti, che indossava l'uniforme dello stato maggiore.

Era il maggiore Gentzel, capo dei servizi segreti, incaricato di mantenere la coorte di spie, controspie, agenti provocatori e confidenti, sparsi per Varsavia.

Il generale si schiarì la gola e cominciò a dire:

"La situazione della guerra sul fronte orientale non è per noi delle più promettenti. Le truppe russe stanno avanzando verso la Polonia e c'è da aspettarsi che man mano che si avvicinano molto a Varsavia, la situazione qui diventerà più difficile. Le forze dell'esercito clandestino saranno pronte a sollevarsi nel momento in cui i russi saranno abbastanza lontani da aiutarli. Sappiamo che hanno ricevuto molto materiale in aereo e che c'è grande preoccupazione tra gli elementi dell'Esercito Clandestino. D'altra parte, questa irrequietezza è indovinata nell'ambiente. Il generale Bor-Komorowski, il leader polacco, deve prepararsi per una rivolta. C'è da aspettarsi che gli attacchi e gli atti di sabotaggio aumenteranno.

"La nostra situazione, così vicina a un fronte in avvicinamento, ci rende il fulcro delle comunicazioni. Dobbiamo evitare, tuttavia, che sabotaggi e attacchi possano impedire l'interruzione del trasporto di truppe, viveri o munizioni. Guarda instancabilmente e tieni pronta la tua forza per qualsiasi evento.

"In caso di insurrezione, ad ognuno sarebbe stato indicato un settore della città, ad eccezione del tenente colonnello von Ritcher, che avrebbe marciato con la sua unità verso il luogo di maggior pericolo o attraverso il quale era necessario attaccare. Ma lasceremo tutti la parte vecchia della città, per ritirarci verso la periferia. Poi faremmo pagare alla popolazione. Non ci interessa lasciare sacche di resistenza che ridurrebbero il nostro numero e si tradurrebbe in inutili sacrifici. "Il generale ha fatto una pausa e poi ha aggiunto", si rivolgerà a te il maggiore Gentzel.

L'imperscrutabile ufficiale si alzò e cominciò a dire:

"Gli agenti e confidenti che abbiamo tra le forze clandestine polacche ci informano che c'è molta attività tra loro. Gli eventi sono attesi da un momento all'altro e hanno ricevuto numerose armi. Il generale Bor-Komorowski sembra essere a Varsavia, ma non abbiamo ancora ottenuto nulla. Siamo anche interessati a localizzare un colonnello polacco soprannominato "Colonnello delle SS". Questi sono i dati che abbiamo e che confermano che da un momento all'altro, a seconda degli eventi della guerra, si svilupperà l'ascesa delle truppe clandestine.

Il maggiore Gentzel rimase in silenzio e il generale disse, chiudendo la riunione:

"Riceveranno gli ordini che devono seguire in modo tempestivo. Tre volte al giorno contatteranno questo Comando, per avvisarli di eventuali novità. Buongiorno.

Gli ufficiali si alzarono in piedi, preparandosi a partire. Ritcher si avvicinò al generale, raddrizzandosi. Sorrise, tendendo la mano.

"Ciao, Peter" disse con familiarità. Anche se non oso trattarti con tanta sicurezza. Sei proprio un tenente colonnello. Hai ricevuto una lettera da tuo padre?

"Sì, mio generale. Continua a comandare il suo corpo d'armata in Russia. Vorrei tornare là, signore.

Schellenberg scosse la testa.

"Ho visto la tua richiesta, ma non posso esaudirla, Varsavia, l'hai già ascoltata, è di grande importanza per noi. Questo è quasi il fronte e sono interessato ad averti qui. Ti sei specializzato in colpi e aperture. Sei un ufficiale pratico in operazioni pericolose e questo qui sarà esattamente il tipo di guerra che conosci. No, Peter, non sei dietro.

Ritch sospirò.

«Come ordinato, mio generale. Ma non mi piace essere un poliziotto.

Il colonnello Haller, che aveva ascoltato la conversazione, esclamò:

«Presto non sarà una questione di polizia, Ritcher, ma di soldati. Non noti qualcosa di strano nell'ambiente?

Pietro annuì.

CAPITOLO III

SOTTO LE OMBRE DELLA NOTTE

Varsavia riposava sotto il cielo coperto. La luna si era nascosta dietro le nuvole e una fitta oscurità incombeva sulla città. In lontananza, verso il confine russo, si allungavano le strade della guerra e di notte fischiavano i treni che trasportavano truppe.

Alla periferia di Varsavia, fuori mano, seguito dalle pattuglie, c'era una fitta e fitta foresta. I sentieri ci obbligavano a marciare in fila indiana o sparsi tra gli alberi. Era facile tendere un'imboscata, ma ogni tanto le truppe tedesche accorrevano per lui, in cerca di partigiani o fuggitivi.

Apparvero tre uomini distesi a terra, i fucili a distanza di un braccio. I loro abiti civili li tradirono come membri dell'esercito clandestino polacco.

I tre uomini rimasero in silenzio, fissando in lontananza. Un po' più in là, altri tre stavano di guardia dietro una folta quercia.

I posti di guardia venivano ampliati, in modo che potessero dare l'allarme prima di qualsiasi pericolo.

Nella foresta si profilavano i contorni di un vasto e tetro edificio. Sembrava una fattoria abbandonata. Sulla porta, due uomini con mitra al braccio camminavano in silenzio, attenti a qualsiasi segno di pericolo.

Un gran numero di uomini era radunato all'interno dell'edificio. La stanza, illuminata da lanterne a petrolio, appariva ermeticamente chiusa, senza che il bagliore delle luminarie filtrasse da un'unica apertura.

Le persone che vi si radunavano erano di condizioni molto diverse. Alcuni erano più anziani, dall'aspetto duro e determinati, come se fossero operai o contadini della periferia di Varsavia. Altri sembravano dipendenti di aziende diverse. Uno si distingueva per i suoi abiti eleganti e i modi distinti.

Sopra i loro cappotti e impermeabili, indossavano cartucciere e sulle spalle portavano un fucile o un mitra.

Altri erano giovani e vigorosi, e alcuni, in numero considerevole, quasi bambini. Ma avevano tutti espressioni decise ed energiche.

Al centro della stanza c'erano tre uomini. Uno di loro era Stanislas Stychel. Alla sua destra c'era Noraczewski e alla sua sinistra un uomo indurito dai capelli grigi. Era un ex sottufficiale degli Ulani, metalmeccanico durante la pace. Si chiama Dmowaki.

Annunciò, con voce abituata a comandare:

"Il colonnello S. S, li esaminerà. Preparatevi.

Poi fece un cenno verso il suo superiore.

"Grazie, maggiore.

Stanislas si avvicinò agli uomini ed esaminò le armi. Con gesto naturale gli mostrarono il fucile o il mitra e poi l'attrezzatura che possedevano. Stychel correggeva i difetti che trovava o si congratulava con l'uomo le cui armi erano in ordine.

Dmowaki ha rimproverato i capi di compagnia, secondo le osservazioni del colonnello.

Stanislas, chissà perché, ricordava il cambiamento della sua vita in quegli anni. Durante la breve ma strabiliante campagna polacca, aveva incontrato il sottufficiale Dmowaki, un volontario dalla prima ora. La sua guida e determinazione lo hanno impressionato. In seguito, quando l'esercito fu sconfitto e disperso, quando iniziò l'organizzazione delle truppe clandestine, che all'inizio erano solo bande di disperati o predoni, riuscirono a ritrovare il sottufficiale. A poco a poco, entrambi stavano guadagnando in laurea ed esperienza. Allora Dmowaki era più vecchio e il suo secondo in comando di quel gruppo di combattenti.

L'ora tanto attesa della rivolta contro le truppe di occupazione sembrava avvicinarsi. Ma c'era solo una nuvola nell'anima di Stanislas. La rivolta potrebbe avere un esito negativo o potrebbe essere un'avventura in cui nessuno sapeva cosa stava esponendo. Che ne sarebbe di Aleska?

Si passò una mano sulla fronte, per allontanare quei pensieri. A lui dovrebbe importare solo il dovere. Il resto, non aveva niente in comune con loro. Erano membri di un esercito e nella loro disciplina dovevano vivere.

Dopo aver esaminato la truppa, si fermò al centro e osservò i suoi subordinati.

"Ragazzi" iniziò a dire, "sai, perché nell'atmosfera si vede che le forze russe stanno avanzando verso la Polonia. Il cuore della nostra patria è Varsavia, e noi siamo interessati ad occuparla noi stessi prima di loro. Pertanto, quando si avvicineranno al confine polacco, ci alzeremo in armi e occuperemo la capitale. Poi raduneremo tutte le forze partigiane della Polonia, per formare un nuovo esercito. L'ora si avvicina. Siate preparati. Durante questo tempo, atti di i sabotaggi e gli attacchi possono aumentare Quasi tutti voi avete esperienza in queste materie, ma dovete conoscerla più a fondo.

Ci fu un lungo silenzio, e poco dopo un uomo magro con una pelliccia si fece avanti.

"Parla tu, capitano" invitò Stychel.

"Mio colonnello, abbiamo fucili e armi automatiche leggere, che saranno molto utili per gli attacchi e il combattimento corpo a corpo. Ma in caso di rivolta, avremo bisogno di equipaggiamento pesante e armi di accompagnamento. Immagino che tu ci abbia già pensato, ma sento che è mio dovere dirlo.

Stanislas annuì.

"È pianificato. Questo armamento esiste e tutto è pronto per la distribuzione al momento preciso. Ricorda che sei stato creato per imparare la sua gestione.

Il capitano chinò il capo e rispose:

"Grazie mille, mio colonnello.

Stychel ha continuato dicendo:

"La guarnigione di Varsavia non è composta, come un tempo, solo da truppe dell'ordine pubblico e polizia. Il comando tedesco, che conosce il loro mestiere, ha capito la difficile situazione in cui li avrebbe posti un'avanzata russa e l'ha rinforzata con truppe di prima linea, compreso un battaglione d'assalto esperto e veterano. Questo è quello che dovrebbe preoccuparci di più. Sono uomini abituati alla mischia e agli attacchi a sorpresa. In una città, combatterebbero con lo stesso vantaggio di noi. D'altra parte, il loro capo, il tenente colonnello von Ritcher, ha la reputazione di essere coraggioso e audace. Sembra che insegni alle sue truppe a conoscere a fondo la città, affinché nulla possa mancare loro. Dobbiamo stare attenti con quell'uomo. Cerca di riconoscerlo subito.

Un altro ufficiale si fece avanti.

"Come possiamo farlo, mio colonnello?

"Il suo nome è Peter von Ritcher. Sarà un po' più giovane di me. Alto, forte e sportivo. È un uomo sereno, che non altera mai l'espressione del suo volto. Prova ad andare ad assistere all'addestramento delle sue truppe o al cambio della guardia. È sempre lì. Incidere i suoi lineamenti nella memoria, per quando viene dato l'ordine di sopprimerlo.

Tutti annuirono in silenzio. Attraverso le menti degli uomini riuniti passava l'immagine di loro stessi che combattevano in mezzo alla strada e combattevano contro gli invasori.

Stanislas ha aggiunto:

"Ora tornate alle vostre case e preparatevi.

CAPITOLO IV

INTERMEDIO SENTIMENTALE

La domenica splendeva un sole estivo.

Gli alberi alzarono al cielo i loro rami verdi. Nulla sembrava indicare che le truppe stessero combattendo e uccidendosi a vicenda da lontano. Solo di tanto in tanto c'era un mormorio lontano, soffocato. Erano le pistole di grosso calibro.

Stanislas e Aleska attraversarono la foresta, guardandosi e ridendo. Avevano deciso di lasciare Varsavia quella domenica e di andare a riposare in campagna.

Aleska sorrideva, guardando il panorama.

"È molto diverso dalla Svizzera", ha detto.

Stanislas annuì.

"La Polonia è diversa da tutte le terre che la circondano. Forse solo alle aree di confine della Prussia orientale e della Russia. Ma è diverso. Ha qualcosa che ci rende anche diversi.

La ragazza annuì.

"E dove andiamo a mangiare?

"C'è un ostello qui vicino, dove staremo bene.

Aleska esitò un attimo.

"Non sarebbe preferibile andare a mangiare in campagna?

Ma ha insistito.

"Lì staremo meglio.

Seguirono un momento in silenzio, come se fosse stata infastidita dalla testardaggine del giovane. Dopo un po' la ragazza sorrise.

"Sono convinto che staremo molto bene.

Lui annuì.

"I piatti polacchi ti saranno sicuramente strani, ma lì sono molto ben conditi. E se rimani in Polonia devi imparare ad amarli.

Aleksa rise.

"Per fortuna sono svizzeri alla pensione e noi continuiamo a mangiare a casa.

Il giovane rimase un attimo in silenzio.

"A casa" ha ripetuto.

Improvvisamente, una colonna motorizzata tedesca è stata vista avanzare lungo la strada. I soldati stavano cantando, seduti nei veicoli. Stanislas li contemplò in silenzio e, mordendo le parole, esclamò:

"Presto ti cacceremo dalla Polonia.

Aleska si voltò verso di lui, sorpresa. Stychel sorrise, come per fargli dimenticare quello che aveva detto.

Erano già al parador, un vecchio edificio incastonato tra alcuni alberi, non lontano dalla strada. La proprietaria, un'anziana determinata e sorridente, li sistemava a tavola, preparandosi a servire loro il cibo. Il cameriere è arrivato presto.

Tra la clientela c'erano un paio di ufficiali tedeschi e alcuni soldati che chiacchieravano con alcune ragazze.

Stanislas rimase in silenzio. Hanno bevuto qualche bicchiere di liquore e poi il cibo è stato servito. I due giovani risero, parlando animatamente, come se nulla stesse accadendo. Ma si poteva vedere nei loro atteggiamenti che qualcosa era intervenuto tra loro. Sia Stanislas che Aleska sembravano preoccupati e nervosi, in parte ignari della reciproca compagnia.

Improvvisamente, Stanislas propose:

"Andiamo a fare una passeggiata, ok?

I due giovani si allontanarono dalla locanda, in silenzio. Stanislas si accese una sigaretta e guardò la pianura verdeggiante che si stendeva in lontananza. C'erano solo prati, prati e alberi intorno alle case. Ma in essi si nascondevano i suoi uomini e gruppi di partigiani che molestavano le truppe tedesche.

Poi si voltò a guardare Varsavia. I tetti degli edifici si alzavano al cielo. Le famose cupole della Cattedrale di San Giovanni si sono distinte su tutte le altre.

Questo doveva essere il suo campo di battaglia.

Si voltò verso la ragazza, rendendosi conto che lei lo stava guardando. Quegli occhi azzurri le hanno toccato il cuore. Sentì di nuovo l'eccitazione che aveva provato il primo giorno in cui aveva visto Aleska.

Avrebbe potuto immaginare cosa stesse provando, perché sorrise, appoggiando la mano sul braccio del giovane.

Stanislas gli prese la mano ed esclamò:

"Aleska, non so cosa accadrà.

"Perché hai detto così?

Scrollò le spalle.

"La guerra è un'avventura e nessuno sa come andrà a finire.

Dopo una breve pausa, quasi a sottolineare bene le parole, la ragazza aggiunse:

"Ma tu non sei in guerra. Questo si è concluso per te.

Ha deviato la conversazione.

"In Polonia c'è la guerra e non è facile sapere cosa accadrà. Quindi c'è una cosa che vorrei che tu sapessi nel caso succeda qualcosa.

Aleska alzò la testa, tra curiosa e spaventata.

"Che cos'è?

Stanislas strinse più forte la mano della ragazza e poi disse:

"Aleska, non è difficile rendersi conto di cosa mi sta succedendo. Mi sono innamorato di te.

Aleska fissò su di lui le sue pupille azzurre, piene di tenerezza.

"Questo è vero?

"Sì, Aleska" rispose avvicinandosi. Ti amo con tutta la mia anima.

La ragazza lo guardò in silenzio, e poi, alzando le braccia, mormorò:

"Stanislas, amore mio.

Si abbracciarono appassionatamente, mentre lei appoggiava la testa sulla spalla del giovane. Stychel le baciò le guance, borbottando:

"Vorrei offrirvi il meglio del mondo e non posso dire o pensare al futuro.

La ragazza lo baciò sulla bocca, aggiungendo:

"Non parlare del futuro. Hai ragione. La guerra è un'avventura incerta.

Insieme tornarono alla locanda. Rimasero seduti al tavolo, guardandosi negli occhi e sorridendosi. Le loro mani erano legate e tutto era estraneo a loro.

"Fortunatamente", disse ancora il giovane, "tu appartieni a una nazione neutrale e niente di tutto questo può toccarti.

Lo rimproverò affettuosamente:

"Abbiamo deciso di non parlare affatto del futuro o delle circostanze attuali. Ricordalo.

Il giovane annuì e le sue pupille si indurirono improvvisamente. Seguì istintivamente lo sguardo di Stychel. Noraczewski era arrivato alla locanda, in una piccola automobile. Sorridendo, si avvicinò al tavolo e salutò i due giovani.

"Che coincidenza trovarti qui" disse.

Stanislas annuì.

"Come va?

"Sono venuto a cercare un mio cugino e ci ritorno; Varsavia. Se vuoi ti porto con me.

Stichel annuì.

CAPITOLO V

PRIMA DELLA REALTÀ

L'attendente, a un segnale del maggiore Gentzel, aprì la porta. Il militare sorrise leggermente e si alzò, tendendo la mano.

"Si sieda, signorina.

Aleska la ringraziò e obbedì. L'ufficio del capo dei servizi segreti era buio. La strada era ancora piena di passanti e curiosi. Ma anche quella stanza tutto era velato e nascosto, come se il mistero in cui lavoravano li isolasse dal mondo.

Il maggiore Gentzel pulì un granello dalla sua uniforme ordinata e poi chiese:

"Volevi vedermi?

Aleska si prese un momento per rispondere.

"Sì" disse alla fine. Ho rapporti importanti da comunicarvi.

Gentzel tirò fuori una pagina e una penna, preparandosi a scriverle.

"Dica, signorina. Farò io stesso le annotazioni. Non voglio che nessuno la veda qui. Sta facendo un lavoro molto utile.

Aleska si voltò a guardare i semplici mobili di quell'ufficio e si disse che era la realtà. Contava solo quella stanza semplice e austera.

"So che le forze clandestine stanno preparando qualcosa di importante.

Gentzel annuì, aggiungendo:

"Andiamo in parti. Prima di tutto, come fai a saperlo?

Lei, con viso impassibile, spiegò:

"Sono stato tutto il giorno in compagnia di Stanislas Stychel. Abbiamo parlato e lui mi ha fatto capire che gli eventi stavano arrivando.

Gentzel prese alcune note e chiese di nuovo:

"Di che tipo? Possono essere attentati o una recrudescenza di atti di sabotaggio.

Lei scosse la testa.

"Sono incline a credere che si tratti di qualcosa di più importante.

Gentzel annuì.

"Una rivolta, allora? Interessante.

"Ricorda" lo interruppe Aleska "che è solo un'impressione di me.

"Il tuo feedback è sempre stato molto utile. E l'idea di una rivolta non è irragionevole.

"C'è qualcos'altro" continuò, riferendosi all'interesse di Stanislas a soggiornare in quella locanda e all'apparizione inaspettata di Noraczewski per portarlo a Varsavia.

Gentzel si accese una sigaretta, dopo averne offerta un'altra ad Aleska, e rimase un momento in silenzio.

"Questi dati sono interessanti", disse alla fine. Attraverso un altro canale, avevamo la certezza che era atteso l'arrivo di un importante capo. Anche se non sappiamo esattamente quale capo sia quello che arriva. Non sappiamo se sia il generale Komorowski o il colonnello SS" Fece ancora una pausa e poi chiese:

"Non avete idea?

Aleska scosse la testa.

«No, né sono stato in grado di identificare questo colonnello.

Gentzel giocherellava un attimo con la penna, poi esclamava:

"Certo, è solo un calcolo, o meglio un'ipotesi, ma il colonnello delle SS non potrebbe essere tuo amico Stanislas Stychel? Ha le stesse iniziali.

Aleska, imperturbabile, scrollò le spalle.

"Lo ignoro.

«Be', ti lasceremo andare comunque, e tu cercherai di scoprire quello che puoi. Il suo lavoro è ancora magnifico come sempre.

* * *

Aleska, nel suo appartamento, finì la tazza di tè nero che aveva ordinato per cena e si distese sul letto. Voleva solo chiudere gli occhi e aspettare che gli eventi si svolgessero. La sua volontà per nulla, contò, spinto da due forze diverse, come il dovere e l'amore.

Era venuta a Varsavia come agente dei servizi segreti del suo paese, spacciandosi per svizzera. Aveva studiato in quel paese e poi, tramite i servizi segreti, aveva trovato lavoro a Lucerna. Lì aveva iniziato la sua carriera come agente. In realtà era una spia. Mai prima d'ora era stata ripetuta la famigerata parola, ma in quel momento si rese conto di cosa fosse veramente.

Quando è scoppiato il conflitto, voleva servire in qualche modo la Germania e le sembrava che entrare come infermiera o come telefonista per le forze armate non fosse abbastanza. C'erano molte donne che potevano farlo. Ma apparteneva a una famiglia di soldati e voleva servire come una di loro. Non aveva paura ed era intelligente. Offerto all'Abwehr.

I suoi parenti le avevano consigliato di non farlo, ma lei era irremovibile. Una volta ammessi, questi stessi parenti, tutti soldati, le ricordarono che il dovere era qualcosa che era prima di tutto una considerazione personale. Dalla Svizzera, scoperto un giro di spionaggio, si recò in Francia e poi nei Balcani. Alla fine la mandarono a Varsavia con il compito di scoprire tutto ciò che riguardava l'esercito clandestino.

Gli avevano fornito documentazione svizzera e un lavoro presso un'azienda svizzera, per coprire le apparizioni. Il resto era nelle sue mani. Il maggiore Gentzel la conosceva da molto tempo e aveva grande stima per lei.

Gli lasciava anche completa libertà nei movimenti, ricordandogli che aveva sempre saputo riuscire. Con i rapporti che l'Abwehr aveva fornito, Aleska fu coinvolta con i nazionalisti.

La lotta è stata stabilita nelle stesse condizioni. Se era un agente che nascondeva la sua personalità, nascondevano anche la loro, e fingendo di essere semplici impiegati o operai, nascondevano l'arma offensiva in casa loro, aspettando il momento di attaccare il nemico. Atti di sabotaggio e attentati avvenivano continuamente. Aleska non ha avuto remore a combattere quei civili che avevano dichiarato guerra ai soldati della loro patria.

Un giorno incontrò Stanislas Stychel. Immaginò di essere un personaggio importante nei ranghi nemici e divenne intimo con lui. Stanislas non ha nascosto le sue opinioni.

Ma quando divennero intime, Aleska si rese conto, anche se non voleva ammetterlo, che si stava innamorando di quell'uomo. Ha combattuto disperatamente contro questo sentimento.

Lui capiva, anche lui l'amava. E quel pomeriggio si erano confessati il loro amore.

Avrebbe dovuto dirgli che non lo amava, ma gli mancava la forza per farlo. Eppure lo aveva tradito ancora una volta con i suoi superiori.

Forse il maggiore Gentzel avrebbe deciso di catturarlo, e poi, con la sua dichiarazione, sarebbe stato rinchiuso in un campo di prigionia o forse fucilato come cecchino.

Si coprì la fronte con le mani. Cosa potevo fare? Sarebbe stato preferibile che lei si separasse da Stanislas, lasciando che lui la dimenticasse, per chiedere un altro destino? Sarebbe stato come disertare. O avrebbe dovuto tacere su ciò che le aveva rivelato?

Sarebbe stato un tradimento. Disperata, seppellì il viso nel cuscino, scoppiando in lacrime.

CAPITOLO VI

PREPARAZIONI

Stanislas stava camminando lungo lo stretto corridoio, guidato da un uomo alto e muscoloso nel suo impermeabile di pelle. Doveva mostrare la sua documentazione e dare la password per passare.

Alla fine giunsero a una grande cantina, alla cui porta facevano la guardia due uomini in borghese armati di armi automatiche.

La scorta di Stychel salutò il capo della guardia e annunciò:

"Colonnello SS

Il capo della guardia ha verificato l'identità del nuovo arrivato e poi ha sorriso di scusa:

"Bisogna prendere molte precauzioni.

"Capisco", disse Stanislas.

Poco dopo entrò in una cantina ampia e poco illuminata. Diversi uomini si erano radunati lì.

Erano tutti vestiti in abiti civili, indossavano dei cappotti con collo di pelliccia, sfilacciati dall'uso, o impermeabili di pelle. Tutti mostravano sui loro volti i segni di una vita attiva e intensa, piena di pericoli. Giovani o di mezza età, avevano tutti in comune il gesto duro e lo sguardo dritto e fiammeggiante.

Anche i loro vestiti a volte non corrispondevano alle caratteristiche distintive dei loro volti. Molti di loro, che indossavano abiti logori, avevano lineamenti eleganti.

Al centro c'era un uomo magro, con la pelle abbronzata ei capelli chiari, un'espressione fresca e fredda e un'aria determinata. Era il generale Bor-Komorowski e gli uomini che componevano il suo stato maggiore, per la maggior parte capi dell'unità.

Stanislas si sedette su un cassetto, proprio come gli era stato ordinato. Il generale si alzò e si schiarì la gola. Poi diceva:

"Le circostanze possono aiutarci o ferirci, a seconda di come ci comportiamo.

La sua voce secca e chiara ha instillato un'ondata di entusiasmo nei suoi seguaci. Quell'uomo era un militare di professione. Tenente colonnello quando era scoppiata l'invasione della Polonia, era stato un oscuro capo reggimento dimenticato tra le centinaia di unità che combattevano sul doppio fronte contro tedeschi e russi.

Alla fine della campagna riuscì a fuggire nei campi di prigionia e iniziò a preparare la lotta clandestina. A poco a poco le sue imprese davano alla sua figura un'aura di eroismo, e il governo in esilio di Londra aveva notizia dell'esistenza del colonnello Bor-Komorowski, gli era stato affidato il comando delle forze a Varsavia, la sua esibizione in quegli anni era stata un continuo susseguirsi di fughe ed eroismo, fino a riunirsi i due gruppi che operavano in quella zona.

Né la sua figura né il suo aspetto implicavano il suo coraggio e la sua determinazione.

"Abbiamo" detto "ordini specifici per anticipare i russi e conquistare Varsavia per presentare un esercito polacco a fianco delle truppe alleate. Le forze del generale Anders sarebbero state trasportate in Polonia. Ma dobbiamo agire prima che i russi attraversino il confine polacco. Pertanto, ho deciso di insorgere contro le truppe di occupazione.

C'era un moto di entusiasmo tra coloro che lo ascoltavano. Nessuno dei due pensava ai pericoli che avrebbe dovuto affrontare. Se il generale lo avesse ordinato, avrebbero assalito il Komandatur durante l'uscita.

"Abbiamo materiale in abbondanza" ha proseguito Bor-Komorowski "e con abbastanza volontari. Presumibilmente, una volta alzati, gran parte della popolazione si unirà a noi, quindi è importante avere armi per loro. Non dobbiamo pensare ai tedeschi depositi di armi, dal momento che il generale Schellenberg avrà i suoi preparativi nel caso in cui prendiamo in consegna la città. Il giorno della rivolta "continuata dopo una pausa", i gruppi partigiani che operano nelle vicinanze della città si raduneranno a Varsavia. Il resto devono intensificare la lotta contro le truppe nemiche, per evitare che i rinforzi giungano in aiuto della guarnigione.

"Allo stesso modo, durante i restanti giorni, alcuni gruppi svolgeranno varie azioni, volte ad ostacolare la repressione della rivolta. Ti darò ordini precisi, ma posso dirti che tra questi atti c'è l'attacco al capo dell'esercito tedesco. "Si è fermato di nuovo e ha aggiunto:" Mi disgusta tanto quanto te, ma deve essere annientato. Si tratta del tenente colonnello von Ritcher. Le tue truppe sono state molto efficaci nell'inseguire i nostri uomini e deve essere impedito. Penso che il colonnello S, S. dovrebbe essere incaricato di comandare questi gruppi.

Stanislas annuì.

«Farò qualunque cosa ordini, signore generale.

Bor-Komorowski ha continuato:

"La data della rivolta sarà il 1 agosto. Il nostro obiettivo è paralizzare il presidio tedesco, motivo per cui, prima di tutto, è necessario tagliare tutte le comunicazioni attraverso la Vistola e poi occupare le stazioni ferroviarie. La rivolta comincerà nel centro dello Stare Miasto, cioè esattamente nella Piazza del Mercato, in Piazza Piekielko e nella Cattedrale. Da lì partiranno verso i due luoghi sopra indicati. Tagliare la Vistola da Via Svelna e dal Ponte Alessandro quelli che vanno nel quartiere di Praga. Il primo sarà al comando del maggiore H. e il secondo, che dovrà occuparsi della difesa di un intero quartiere, del colonnello SS

Quelli indicati sono d'accordo, prendendo i dati in una pagina. Poi il generale continuò:

"Le forze del colonnello« Domani »marceranno verso Nowe Miasto, in via Miodewa. La più grande "Notte" si occuperà del quartiere di Cracovia, vicino a Piazza Sajorna. Il Bolis più grande avanzerà verso Nowy Swiat e lungo il viale Ujazdow. Tenete presente che in questi quartieri più moderni sarà molto difficile sconfiggere i tedeschi, i quali, essendo le strade più larghe, potranno dispiegare meglio le loro truppe. Per questo faremo dei vecchi quartieri un punto di forza, stabilendovi le nostre basi. Il colonnello "Wladimir" sarà incaricato di questi quartieri moderni.

Fece una pausa e poi chiese:

"C'è qualche domanda?

Stanislas si alzò in piedi.

"Vorrei sapere se dobbiamo combattere fino a quando i tedeschi non lasceranno Varsavia o se c'è un accordo per ricevere aiuti.

Il generale annuì.

"C'è un accordo molto vago sull'aiuto. Come ti ho detto, si tratta di sbarcare le forze del generale Anders. D'altra parte è preferibile che contiamo sull'espulsione dei tedeschi e sul poter radunare a Varsavia tutti i gruppi partigiani. Tieni presente che Varsavia è un nodo di comunicazioni e che tagliandole fuori, i tedeschi non potranno inviare truppe a combattere contro i russi. Se si trovano tra due fuochi, dovranno arrendersi, cosa non facile, oppure cercare di salvare più forze possibili, evacuando il settore. Niente di più. Tieni a mente cosa devi fare e dividi le tue forze in modo che il colpo non manchi. Tieni presente che questo è il destino della Polonia.

CAPITOLO VII

PRIMA DELLA MORTE

Peter stava canticchiando una canzone, seduto all'interno di una tenda. La notte si estendeva su Varsavia. A causa della vicinanza del fronte, l'illuminazione pubblica era spenta, poiché gli aerei russi bombardavano frequentemente. Per le strade buie, l'auto sfrecciava verso l'alloggio del tenente colonnello.

Jüp, l'attendente erculeo, guidava il veicolo fischiettando allegramente. Accanto a Peter, il capitano Schulz, il suo assistente, taceva. Il giovane ufficiale era preoccupato. Non gli piaceva questo servizio, ma come il suo capo, obbediva agli ordini. D'altra parte, era consapevole che stavano arrivando eventi importanti e sentiva di non essere in prima linea.

Avrebbe voluto essere come il suo capo, che non lasciava mai intravedere i suoi pensieri e che non turbava mai la sua serenità.

Come tutte le sere, sono tornati in caserma dopo essere stati con altri agenti in una discoteca di periferia.

Di tanto in tanto il bagliore della sigaretta che fumava illuminava il viso del tenente colonnello von Ritcher.

Il rumore del motore si levava nel silenzio della notte, avanzando verso l'interno del quartiere dove sorgeva la caserma.

Stanislas, nascosto dietro un angolo, si leccò le labbra. Nella tasca posteriore dell'impermeabile di pelle teneva la pistola.

Stychel guardò gli uomini, dieci in tutto, che stavano a poca distanza dietro le case. Un altro gruppo, un po' più numeroso, era disposto in modo da avvertire dell'arrivo di una qualsiasi pattuglia tedesca.

Era il momento scelto per prepararsi all'attacco al tenente colonnello von Ritcher. Stanislas provava un certo disgusto per quell'opera, ma ricordava le parole del generale. Questo ufficiale doveva smettere di catturare gruppi di partigiani.

Il capitano Noraczewski era in piedi accanto a lui, immobile e silenzioso. I polacchi sapevano che il colonnello passava ogni notte e che, come se volesse sfidare un possibile pericolo, non alterava né variava mai il suo cammino.

Un partigiano si avvicinò dicendo:

"Signor colonnello, sta arrivando.

Stanislas si sporse verso il suo subordinato.

"Sei sicuro che questo sia il colonnello von Ritcher?

"È un'auto da campo tedesca. Non possiamo sbagliarci.

"Essere d'accordo.

Stanislas si avvicinò alla strada e vide il veicolo avanzare a tutta velocità. I suoi uomini erano appostati, armati. Un carro trainato da un vecchio cavallo attraversò in quel momento la strada e una ruota parve rompersi. Fu fermato, impedendo il passaggio, mentre il carrettiere fingeva di combattere con la carrozza.

Jüp si rivolse a Pietro, dicendo:

"C'è un'auto ferma.

"Bene" rispose il giovane. Alzati e chiedi se possiamo aiutarti.

L'infermiere ha fermato il veicolo e ha messo la testa fuori dal finestrino. In cattivo polacco, chiese:

"Possiamo aiutarti? Cosa succede?

L'uomo fece finta di non sentirlo e si voltò, in piedi dietro l'auto.

Stanislas fece un cenno e un partigiano premette il grilletto di un mitra. Ha fatto tintinnare la pistola, spruzzando piombo sull'auto.

Jüp grugnì ed esclamò:

«Ci stanno attaccando, mio tenente colonnello.

Aprì la portiera della macchina e scivolò fuori, stringendo il mitra al suo fianco.

Schulz estrasse l'automatica, preparandosi ad affrontare gli assalitori. Pietro ha appena detto:

"Nascondiamoci dietro la macchina.

Gli altri partigiani imbracciarono le armi, iniziando a sparare sull'auto. Stanislas li incoraggiò ad alta voce:

"Andiamo ragazzi. Finite il prima possibile.

Ritcher scese dall'auto senza togliersi la sigaretta dalle labbra. I fili di fumo si alzavano verso il cielo e il bagliore del sigaro gli illuminava il viso. Pistola in mano, si è riparato dietro l'auto e ha iniziato a sparare. Schulz, accanto a lui, continuava a sparare agli assalitori, che non vedeva.

I partigiani avanzarono, disperdendosi per offrire meno bersaglio. Si nascondevano dietro angoli e caratteristiche del terreno. Il tenente colonnello doveva essere ucciso al più presto, poiché i colpi avrebbero attirato l'attenzione della pattuglia tedesca.

Stanislas distinse la figura snella ed elegante di Ritcher, infilato nel mantello e coperto dal berretto militare. La sigaretta pendeva dalle sue labbra, rivelandolo nel bagliore, ma stava ancora sparando, come se fosse al tiro al bersaglio.

Improvvisamente un partigiano crollò, gridando di dolore, Jüp puntò il mitra dietro un angolo e premette il grilletto. Il rumore scomparve, soffocato dal boato delle armi. Ma ci sono state diverse urla di dolore.

"Bravo, Jüp" esclamò Peter. Ogni giorno hai una mira migliore.

Una sagoma si mosse in lontananza e Peter sparò due volte con la pistola.

Accanto a Stychel, Noraczewski si accasciò, colpì una spalla. Stanislas si chinò per prenderlo. I feriti dovevano essere rimossi da lì prima che arrivassero le pattuglie tedesche.

Un partigiano ha preso una granata e l'ha lanciata con tutta la forza sull'auto. C'è stata un'esplosione ei tre tedeschi si sono schiantati contro il veicolo.

Peter alzò la testa per vedere cosa fosse successo. Jüp si contorse per il dolore sul pavimento. Pietro, senza mollare il fucile, si sporse verso di lui dicendo:

«Schulz, prendi la mitragliatrice.

Il capitano obbedì, sparando ai partigiani. Ritcher fece sedere il soldato in piedi.

"Come stai ragazzo?

Gli occhi del soldato si strinsero.

«Mi hanno fregato, mio tenente colonnello. Ma ho preso un po' di anticipo.

"Non muoverti. Ti guariremo.

Peter si mise a sedere, gettando a terra la sigaretta quasi consumata. Diversi partigiani, colpiti dai colpi del capitano, giacevano a terra. Ritcher rispose al fuoco.

Un partigiano si avvicinò a Stanislas.

"Le sentinelle avvertono che alcune pattuglie tedesche si stanno avvicinando.

"Va tutto bene. Ci ritireremo!

La voce si sparse ei partigiani si allontanarono portando i feriti, mentre in lontananza risuonavano i fischi delle pattuglie nemiche.

Pietro alzò la testa. L'attacco era già passato. Tirò fuori una sigaretta e l'accese, mettendola tra le labbra del ferito.

"Un po' di calma Jüp. Sono qui e noi ti guariremo.

CAPITOLO VIII

FORSE PER L'ULTIMA VOLTA

Noraczewski si mise a sedere sul letto, chiedendo:

"Quando posso uscire di qui?

Il dottore, anche lui dell'Esercito Clandestino, sorrise.

"Presto, non ti arrabbiare.

Stanislas accompagnò il dottore alla porta. Sorrise.

"Per il primo agosto sarà tutto a posto.

Stanislas annuì, chiudendo la porta. Poi tornò dall'uomo ferito. Il capitano pregò:

«Dimmi la verità, colonnello.

"Sì amico. Che puoi unirti a noi. Mancano ancora tre giorni.

* * *

Peter mise la mano sulla visiera mentre passava davanti alla bara contenente i resti di Jüp. Era morto. Il suo attendente, il fedele compagno delle sue ore di combattimento, se n'era andato per sempre. Era il suo collegamento quando scoppiò la guerra e comandava una sola compagnia. Non volle mai separarsi da lui e poi la morte, eterna compagna del soldato, prese il fedele Jüp. Ciò che le battaglie della grandezza di Mosca e Dunkerque non hanno ottenuto, l'ha fatto un'imboscata di partigiani.

I tamburi battevano, mentre la bara doveva essere sepolta. Le note tristi e marziali di "Ho avuto un compagno" si levavano sopra il cimitero. Peter, fermo, con la mano sulla visiera, stava salutando il fratello d'armi.

* * *

Stanislas guardò l'orologio. Aleska era in ritardo. Era nello stesso ristorante dove si incontravano, e sebbene gli fosse stato ordinato di non uscire da solo, era venuto a incontrarla. Il capitano non si alzò dal letto e non volle che nessun altro la conoscesse.

Il giovane capì che poteva essere pericoloso per la ragazza attraversare quei vicoli, eccitata com'erano. Potevano prenderla per tedesca e nei giorni precedenti c'erano stati diversi alterchi. Ma non poteva resistere più a lungo senza vederla.

La porta si aprì e Aleska entrò nel ristorante sorridendo. Il giovane gli strinse la mano.

"Andiamocene di qui" propose. L'atmosfera è molto carica.

Lei annuì e insieme uscirono in strada. Gli edifici della città vecchia erano ravvicinati, impedendo il passaggio dei veicoli. Stanislas si disse che lì sarebbe stato facile combattere le truppe tedesche.

Improvvisamente sentì la mano della ragazza posarsi sul suo braccio. Si voltò verso di lei, sorridendole.

"Cosa c'è che non va? Chiese Aleska. Sembri preoccupato.

Stanislao sorrise.

"Non mi succede niente.

Proseguirono in silenzio, finché non raggiunsero un altro ristorante, quasi vuoto. Un cameriere con un soprabito logoro li fece accomodare a un'estremità della stanza.

Si guardarono in silenzio, sorridendo. Aleska alzò la mano per accarezzarle la guancia.

"Perché non mi dici cosa hai?

Il giovane accentuò il sorriso, scuotendo la testa.

"È solo che non mi succede niente. Tutto è la tua figurazione.

Il cameriere servì loro da bere, ignaro di tutto ciò che non era il suo lavoro.

Aleska gli accarezzò la fronte, mentre diceva:

"Sembri preoccupato. Hai uno sguardo fisso, come se qualcosa ti ossessionasse.

Il giovane scosse la testa.

"Beh, sì: sono preoccupato per la guerra. Nessuno sa come andrà a finire.

Lei sorrise.

"In questo non posso sollevarti. Non so niente di guerre o cose militari.

Stanislas annuì.

"Di cui sono molto felice. Fin da bambino non ho fatto altro che occuparmi di questioni militari. "Si fermò e aggiunse:" L'unica cosa che conta davvero è che ti amo moltissimo.

Aleska sorrise, avvicinandosi a lui.

"Anche io tesoro. Non avevo mai pensato di venire a Varsavia e non potevo immaginare che avrei dato il mio cuore qui.

Il giovane gli strinse la mano e poi aggiunse:

"Ma sono preoccupato che...

Gli coprì la bocca con le mani.

"Non dovresti preoccuparti di niente. Ci amiamo e siamo felici. Il resto non dovrebbe nemmeno essere menzionato.

Le ore trascorsero lentamente tra loro. Stanislas non riusciva a togliersi l'idea che fosse l'ultima volta che si vedevano. Entro tre giorni si sarebbero sollevati in armi contro la guarnigione tedesca e avrebbero combattuto fino a conquistare la città. Non riusciva a pensare a lei fino al momento in cui aveva vinto. Durante le battaglie che sarebbero seguite alla rivolta, potevano succedere molte cose e lui poteva morire. Ma è stata la fortuna dei soldati.

Non avrebbe detto nulla ad Aleska della rivolta, né del pericolo che poteva accadere. Avrebbe già scoperto cosa stava succedendo.

Nei tre giorni successivi sarebbe stato troppo impegnato per vederla e avrebbe dovuto concentrare tutta la sua attenzione sugli eventi che sarebbero avvenuti.

Ma l'idea che forse, anche se l'avesse ignorata, quell'intervista fosse un addio, le stringeva il cuore come una pietra. Strinse forte le mani della ragazza, cercando di controllare il suo disagio. Doveva solo pensare al lavoro che lo aspettava. Ne conosceva l'importanza e non voleva fallire.

Alla fine si accorsero dell'ora tarda e Aleska avvertì:

"Sarebbe conveniente per me tornare a casa. È tardi e le pattuglie tedesche chiedono la documentazione.

Stichel annuì. Si alzò, posando alcune monete sul tavolo. Poi prese la ragazza per un braccio e uscì in strada.

Continuarono per un momento in silenzio. Alla fine il giovane esclamò:

"Aleska, devo lasciare Varsavia. Ti chiamo appena torno.

La ragazza annuì. Il polacco disse ancora:

"La guerra è molto vicina a Varsavia. Se succede qualcosa, qualunque essa sia, rifugiatevi nell'Ambasciata del vostro Paese.

Aleska lo guardò stupita.

"Cosa può succedere?

Si scusò:

"Se i tedeschi si ritirassero e la città fosse incustodita, gli indesiderabili saccherebbero. Durante i bombardamenti è anche possibile che lo facciano. Mi prometti che starai attento?

"Ovviamente.

Erano arrivati nei pressi della pensione dove abitava. Il giovane la baciò sulla guancia e poi la guardò allontanarsi, finché non si perse nelle ombre della notte. Doveva riuscire il prima possibile per poterla raggiungere. Forse, si disse, non l'avrebbe più rivista. Fece uno sforzo, strappando dalla sua mente tutto tranne la rivolta imminente.

CAPITOLO IX

LA NOTTE DEL 1 AGOSTO

Quella notte, in molte case di Varsavia, nessuno dormì. Altri continuavano la loro vita come al solito, non capendo cosa sarebbe successo.

Ma in molte case donne e bambini si sono radunati attorno alle immagini, pregando per gli uomini che hanno lasciato le loro case e hanno marciato per radunarsi allo Stare Miasto.

Molti ribelli non sono andati nelle loro case, incontrandosi nei bar e nelle taverne vicine.

A poco a poco le ore della notte si avvicinavano a Varsavia, allargando le ombre sulle strette vie medievali. Alcuni si sono nascosti nella residenza dei compagni aspettando il momento di andare all'appuntamento con la morte e l'avventura.

Nei centri d'armi, le sentinelle si leccavano le labbra, sperando di distribuire i fucili e le mitragliatrici agli occupati.

I capi studiarono i piani e rileggerono gli ordini, preparandosi a eseguirli.

Un silenzio nervoso e minaccioso si diffuse in tutto lo Stare Miasto. Un silenzio che annunciava morte e distruzione.

Le pattuglie tedesche continuarono il loro viaggio, fucili in spalla, guardando da una parte e dall'altra, seguendo i severi ordini che avevano ricevuto.

Nel loro appartamento Stanislas, Dmowaki e Noraczewski fumavano in silenzio, aspettando, aspettando.

Stychel si ricordò ancora una volta di Aleska, confidando che presto si sarebbero rivisti.

Alla fine, Dmowaki esclamò:

"È ora.

Si alzarono dal pavimento, infilandosi gli impermeabili. La notte imponeva un indumento caldo. I tre misero in tasca le pistole, preparandosi ad affrontare il pericolo.

Per tutto lo Stare Miasto gli uomini coinvolti nell'insurrezione marciavano verso i punti d'incontro. Per le strette vie avanzarono a gruppi di tre o quattro, cercando di evitare le pattuglie tedesche, e si diressero verso i loro punti di concentrazione.

All'ora stabilita, le diverse unità si erano radunate agli incroci che portavano alla Piazza del Mercato, alla Piazza della Cattedrale e alla Piazza Piekielko.

Poi apparvero i capi delle forze. Sono andati a piedi, poiché le auto non potevano circolare lì, e si sono diretti verso i loro punti di concentrazione. Nel frattempo, in un vecchio magazzino, il generale Bor-Komorowski, circondato dal suo staff, aspettava il momento di iniziare la battaglia.

Al momento stabilito per la rivolta, un rauco "Viva la Polonia!" Si fece sentire nei vicoli del centro della Città Vecchia, ei ribelli, già muniti delle loro armi, incrociando le fondine, i cappotti e gli impermeabili, avanzarono per occupare posizioni strategiche.

I capi, equipaggiati come loro, brandirono le pistole, dirigendosi verso i luoghi che dovevano essere conquistati. Negli edifici limitrofi alle tre piazze, gli inquilini osservavano sorpresi quanto stava accadendo.

Molti si sono precipitati ad unirsi ai ribelli.

Nei vicoli nei pressi delle suddette piazze, le avanguardie dei ribelli si scontrarono con alcune pattuglie nemiche.

Gli spari si sono incrociati e le bombe a mano sono esplose. I combattenti di entrambe le parti caddero, ma le pattuglie furono costrette a fuggire oa sciogliersi. A poco a poco, i ribelli si schierarono in tutta la Città Vecchia. Posti di polizia e distaccamenti di truppe erano circondati da uomini armati che sparavano furiosamente contro di loro. I capi delle postazioni hanno telefonato ai loro superiori informandoli di quanto stava accadendo.

I capi partigiani, nelle case prescelte, piazzavano mitragliatrici e mortai, in modo da dominare i vicoli che vi giungevano e impedire l'avanzata dei tedeschi.

Altri hanno eretto barricate agli incroci stradali, costruendole con ciottoli e mobili presi da qualsiasi parte. Vi erano montati anche mitragliatrici, mortai e cannoni leggeri, in attesa dell'avanzata nemica.

I capi occupavano le centrali telefoniche e sceglievano i luoghi per fondare ospedali e magazzini di quartiermastro.

I volontari arrivarono da tutta la Città Vecchia per unirsi ai ranghi dell'Esercito Clandestino. Nelle parti della città dove le forze ribelli non erano ancora arrivate, i volontari che non avevano partecipato all'incontro hanno aspettato il momento di unirsi ai loro compagni.

Erano i distaccamenti destinati a combattere contro i tedeschi, attaccandoli alle spalle, una volta che le forze ribelli vi fossero giunte.

La marea armata si diffondeva incontrollata per la città, scuotendola con i suoi colpi.

Il comando tedesco, avvisato telefonicamente dell'accaduto, si è riunito al Komandatur. Il generale Schellenberg radunò i suoi subordinati, preparandosi ad affrontare la rivolta.

Erano tutti presenti, equipaggiati con i loro elmetti da guerra e armi. Solo von Ritcher, con il casco sulle ginocchia e la sigaretta tra le labbra, sembrava pronto a partecipare a un ricevimento.

Schellenberg ha chiesto prima di tutto:

"Gli ordini che ho dato sono stati eseguiti?

I capi si alzarono uno ad uno e riferirono che le unità, al comando del secondo capo, si erano ritirate verso la periferia. I gruppi accerchiati stavano combattendo disperatamente, cercando di resistere o di sfondare. Varsavia era circondata da un cordone di truppe tedesche.

Schellenberg ha spiegato:

"Ci interessa soprattutto mantenere le comunicazioni sulla Vistola e tenere in mano la stazione ferroviaria per poter continuare a monitorare la situazione e disporre di mezzi di trasporto veloci. Ci interessa anche il centralino telefonico, per quanto possibile, per non perdere il contatto. In ogni caso, le truppe di comunicazione stabiliranno linee telefoniche di fortuna. Le polveriere sono nelle nostre mani, così come gli ospedali. Che ogni boss rimanga nella sua posizione, impedendo al nemico di avanzare. È necessario dominare la linea della Vistola e scacciare i ribelli dall'altra sponda.

Ritcher si alzò in piedi.

"Non cercheremo di salvare le truppe accerchiate? Sono soldati che stanno combattendo e possono aspettarsi aiuto dai loro commilitoni.

Schellenberg si passò una mano sugli occhi.

"Non credo sia possibile. Tu, Ritcher, rinforzerai il settore di Praga, per impedire la conquista della stazione. Riporta ognuno ai tuoi posti di comando e mantieni la comunicazione con me.

I capi salutarono, preparandosi a partire. Il generale fece un cenno al giovane.

"Peter" esclamò ", non credo che non mi faccia male lasciare quei ragazzi. Ma avvertiremo i ribelli di rispettare la vita dei prigionieri.

"Se non obbediranno, si ricorderanno di von Ritcher" disse Peter, il suo volto sereno alterato per la prima volta.

CAPITOLO X

VALANGA

Le forze del maggiore H si radunarono vicino a una piccola piazza vicino a via Scelna. La brezza del fiume li raggiunse e videro gli edifici che si affacciavano sulla Vistola.

Il maggiore H, un uomo basso e robusto, passò in rassegna i suoi volontari e schierò un folto gruppo dell'avanguardia, armato dei suoi fucili mitragliatori.

Avanzarono lungo via Scelna, aggrappandosi alle mura. Era facile incontrare una pattuglia tedesca o un distaccamento di truppe.

La via era chiara. Presto si accorsero che rideva, con le barche ormeggiate al molo. Circa cinque poliziotti tedeschi stavano lì di guardia, brandendo i loro fucili. Il capo dell'avanguardia fece un cenno e le armi cominciarono ad abbaiare. Due poliziotti sono crollati senza vita, mentre gli altri tre sono corsi a difendersi. Gli spari tuonarono, mentre i ribelli si sparpagliavano lungo il molo, assicurandosi che non ci fossero più avversari. I tre poliziotti, al riparo dietro fagotti, combattevano senza speranza ma tenacemente.

Altri gruppi del maggiore H erano entrati negli edifici prospicienti la Vistola e vi avevano piazzato mitragliatrici e mortai pesanti, dominando l'intero fiume. Potrebbero raggiungere la sponda opposta.

Quando il maggiore H con le sue forze raggiunse il molo, i tre poliziotti erano già stati annientati.

Il maggiore indicò le chiatte più potenti e fece piazzare mitragliatrici a prua.

Nel frattempo, altri erano schierati lungo la banchina, preparandosi a respingere qualsiasi attacco nemico. Dall'altra parte del fiume c'erano gli edifici di Nowe Miasto, che si riflettevano nell'acqua.

Questo corso d'acqua era il modo più rapido e breve per trasportare truppe e cibo da un'estremità all'altra della città.

Il maggiore H esitò per un momento. Aveva studiato il suo piano di attacco più e più volte, finché non ne aveva conosciuto i minimi dettagli a memoria, eppure adesso era indeciso. Nei vari tentativi di conquistare l'altra sponda del no, potrebbe perdere molte persone. Contemplò quei ragazzi, pieni di entusiasmo e di fervore, che presto avrebbero potuto morire. *E forse sono caduti tutti per il suo errore.*

Alla fine li fece salire sulle barche e ordinò loro di avanzare. A sua volta, il più anziano saltò su uno di loro. Chi restava a riva li congedava agitando le mani, mentre dai pavimenti agitavano in aria i berretti.

Le lance erano in movimento, dirette verso la riva vicina. Gli uomini all'interno si leccavano le labbra mentre accarezzavano le armi.

Le chiatte più vicine fermarono i motori e aspettarono lo slancio per portarle a riva. Improvvisamente sul molo è scoppiato un fragoroso fuoco di fucile. Le mitragliatrici sferragliavano, lanciando cariche mortali verso i lanci. Gli uomini si sdraiarono all'interno delle barche, aspettando il momento di saltare a terra. Alcuni sono stati colpiti. È stato visto come una chiatta, con i lati squarciati dal fuoco nemico, si è capovolta mentre i suoi occupanti saltavano in acqua.

Finalmente le prime barche toccarono la riva. I suoi occupanti sono saltati a terra. Si vedevano le sagome dei tedeschi che caricavano. I fucili abbaiarono e le bombe a mano esplosero.

Gli insorti attaccarono con furia, sdraiandosi sul molo per poter sparare meglio. A poco a poco si stavano affermando sul molo. Le mitragliatrici piazzate sulle chiatte hanno aperto il fuoco.

Gli uomini sbarcati cominciarono a sparpagliarsi lungo la banchina, combattendo con i tedeschi. Le bombe a mano esplodevano e fucili e armi automatiche tintinnavano, mentre i combattenti si scontravano frequentemente. Improvvisamente, un folto gruppo di civili armati si è precipitato sul luogo del combattimento, attaccando i tedeschi alle spalle. Erano le forze di quel settore, che si univano alla lotta, secondo gli ordini ricevuti.

Il maggiore H distribuì i suoi uomini e installò barricate, preparandosi a difendere il luogo conquistato. Le lance tedesche non devono poter continuare sul fiume.

Nel frattempo, nuovi volontari, non inclusi nell'esercito clandestino, si stavano recando alle postazioni e alle barricate. Ricevevano le armi dei tedeschi catturati o uccisi o venivano inviati ai posti di comando, dove potevano essere armati e incastrati.

Le forze del colonnello Tomorrow, un sorridente uomo erculeo, stavano marciando lungo Miodewa Street, dirigendosi verso Nowe Miasto. Le forze tedesche dovettero ritirarsi per evitare di essere accerchiate dagli attacchi delle due colonne di volontari che minacciavano di chiuderle in un sacco. Il colonnello "Domani" avanzava attraverso il vecchio quartiere residenziale, che un tempo si trovava fuori le mura, e prendeva angolo per angolo e strada per strada. Ben presto riuscirono a stabilire un contatto con le truppe del maggiore H.

Il quartiere di Cracovia offriva qualche difficoltà.

Il "Notte" più anziano, un uomo magro dall'aspetto scuro, ma che sapeva come ottenere molto dalle truppe che comandava. Le strade che andavano da Piazza Castello a Piazza Sassonia erano state un punto di concentramento per le forze di polizia e le truppe che passeggiavano per la città. Lì combatterono disperatamente, ritirandosi in ordine fino a Piazza Sassonia. Dopo il monumento a José Pomatowski, furono collocati alcuni gruppi, pronti a morire uccidendo.

La "Notte" più grande è stata distruggerli gruppo per gruppo, ridurre la loro resistenza e pulire le strade. Infine, la bandiera polacca è stata issata sul monumento a José Pomatowski.

Nowy Swiat e Ujazdow Avenue erano difficili da conquistare. Il maggiore Bolis, giovane, ben piantato e determinato, manovrava le sue truppe attraverso le ampie arterie ei giardini che le circondavano. Da lì, la lotta è stata meno facile. Era necessario cambiare tattica e lanciare gli uomini verso le case in modo che una volta conquistate sparassero per strada e costringessero i tedeschi alla ritirata.

La cosa più difficile è stata la conquista dei Quartieri Moderni. Le strade larghe e ordinate non offrivano molta protezione alle truppe del colonnello Wladimir. Doveva distribuire le sue truppe in piccoli gruppi e inviarle all'assalto, attaccando le forze che opponevano loro resistenza. Le strade parallele alla Vistola divennero un campo di battaglia. I ribelli hanno preso le auto ei camion che hanno trovato, trasformandoli in roccaforti, in modo che potessero avanzare ben protetti.

Ma i tedeschi non erano disposti a cedere dove stavano combattendo con un certo vantaggio e si sono attaccati agli angoli e agli incroci, stabilendo un fuoco incrociato di mitragliatrici e anticarro.

Più volte i polacchi si lanciarono sull'ultima linea di resistenza, stabilita dal colonnello tedesco, cercando di forzarla, ma senza successo. Il quartiere moderno divenne, da un giorno all'altro, il campo di battaglia più crudele di tutta Varsavia.

CAPITOLO XI

Praga

Bor-Komorowski camminava nervosamente ma aveva il controllo del suo quartier generale improvvisato. Gli arrivarono le telefonate dei capi, che lo informavano dei loro progressi e dei loro successi. A poco a poco, gli assistenti indicavano sulla grande mappa della città i punti raggiunti dai ribelli.

Il generale non mutò il suo viso freddo ed energico. Capì che per il momento si stavano raggiungendo gli obiettivi desiderati e che non era difficile per lui vincere in città, dominandola completamente. Ma fu un'avventura la cui fine, come in tutte, era sconosciuta.

Molti imponderabili, che non erano in loro potere di risolvere, potevano decidere la vittoria o il fallimento.

Bor-Komorowski si avvicinò ai suoi assistenti e iniziò a digitare sul tavolo. Lo guardarono, aspettando una domanda o un commento. Il generale disse solo:

"La navigazione sulla Vistola è stata parzialmente interrotta. Ma non sappiamo nulla del quartiere di Praga. Cosa sta facendo il colonnello SS? Cosa starà facendo?

***

Stanislas gettò a terra la sigaretta e ordinò al maggiore Dmowaki:
"Il gruppo di ricognizione può avanzare.
Noraczewski, con il braccio al collo, si avvicinò, supplicando:
«Lasci che me lo mandi, colonnello.
Stychel scosse la testa.
"Ho bisogno di te al mio fianco e non posso tollerarlo.
Le forze di Stanislas avevano raggiunto le vicinanze del ponte di Alessandro. Dai balconi e dagli edifici più alti, gruppi di polacchi

spararono mitragliatrici e fucili sul ponte, bloccando la strada alle truppe tedesche. Allo stesso modo, da luoghi precedentemente scelti lanciavano mortai, che avrebbero impedito la loro avanzata.

Stanislas aveva studiato a fondo questo settore e aveva calcolato le possibilità di avanzamento. Sapeva che i tedeschi avrebbero ostacolato la marcia e che un singolo tentativo di avanzata sarebbe stato immediatamente fermato.

Dmowaki mise un forte gruppo vicino al ponte, all'altra estremità del quale c'erano i tedeschi, che sparavano incessantemente. Altri gruppi si stavano dirigendo verso il fiume, imbarcandosi su chiatte. Era ora di iniziare l'avanzata. Stychel fece un cenno. Armi automatiche e mortai aumentarono il tiro, allungando il tiro fino a raggiungere solo l'altra sponda.

Intanto le barche e le chiatte cominciavano ad attraversare il fiume, tutte protette dalle ombre della notte.

Stanislas rimase immobile presso la balaustra del ponte, in attesa che arrivassero notizie di quei primi gruppi. Sapeva cosa poteva importare ed era necessario per lui realizzarlo. Se non avesse conquistato la stazione, truppe fresche sarebbero presto arrivate a Varsavia e la rivolta si sarebbe conclusa con un terribile fallimento.

La notte rendeva impossibile vedere come le chiatte si allontanassero verso l'altra sponda e come avanzassero le pattuglie, disposte in plancia, ma il colonnello sapeva che i suoi uomini non lo avrebbero deluso. All'improvviso si udirono degli spari dall'altra parte del ponte, oltre a un grido dalla sponda opposta.

Tutti i ribelli si sporsero in avanti, carezzando le armi. Forse era arrivato il momento. La sparatoria è aumentata di intensità, ma nessuno ha potuto dire cosa stava succedendo. Tuttavia, mentre i ribelli rimasero nervosi in attesa di ciò che sarebbe accaduto, si resero conto che la voce della battaglia stava lentamente svanendo.

Un partigiano corse incontro a Stanislas.

"Sir Colonnello" disse, "siamo riusciti a stabilirci sull'altra sponda.

Stychel appoggiò la mano sulla spalla del collegamento e si voltò verso i suoi uomini, che stavano in piedi confusi dietro gli angoli e lungo il ponte. Agitò il braccio e corse attraverso il ponte. Alle sue spalle si levò un fragoroso applauso, mentre i ribelli correvano a tutta velocità dietro al loro capo o si lanciavano sulle chiatte per attraversare il fiume.

Stanislas, pistola alla mano, avanzava verso l'altra estremità del ponte, dove continuavano a udirsi degli spari. I suoi volontari lo seguirono, agitando i fucili in aria.

Alla fine raggiunsero la sponda opposta. Stychel si voltò verso il fiume per guardare il ruscello. I gruppi di chiatte si stavano radunando quasi lungo la riva.

Continuò, raggiungendo presto i suoi partigiani. I tedeschi erano stati cacciati dai loro posti e potevano già sparpagliarsi lungo la riva.

I rinforzi hanno aiutato molto i ribelli. Presto iniziarono a diffondersi per le strade e dietro gli angoli, attaccando i tedeschi. Le chiatte avevano depositato i loro carichi di uomini, che correvano per raggiungere i polacchi già di stanza lì.

Le armi pesanti furono in parte trasportate sull'altra sponda, per continuare a combattere. A poco a poco i gruppi, ben guidati da Stychel, si sparsero per la città, diretti alla stazione.

L'alba cominciava a tingere di rosso il cielo, quando i ribelli scorsero gli edifici grigi e sporchi della stazione. Un grido di entusiasmo si levò dai suoi seni.

Tra di loro correva lo slogan:

"Un altro sforzo e abbiamo vinto".

Per le strade, saltando di finestra in finestra e di patio in patio, ribelli e soldati si attaccavano senza sosta, in una battaglia continua.

Si dispiegarono lungo un ampio viale solitario, diretti alla stazione. Stanislas seguì da vicino le prime avanguardie. Era necessario occupare la stazione ferroviaria, asse di tutte le linee, per poter dominare la rete ferroviaria che vi conduceva.

Risuonarono gli spari e le mitragliatrici sferragliavano, diffondendo i loro latrati di morte. Stychel osservò i distaccamenti che si avvicinavano al vasto edificio grigio, coperto dalla patina del tempo e dal fumo di centinaia di macchine a vapore.

I granatieri tedeschi stavano combattendo disperatamente, ma furono accerchiati dai partigiani che si lanciarono su di loro dalle finestre e attraverso i muri. Numerosi volontari hanno lasciato le loro case, prendendo armi dai morti o dai prigionieri.

Presto, si disse Stychel, avrebbero occupato la stazione. L'alba diffondeva ovunque la sua luce bianca lattiginosa, conferendo ai contorni un aspetto spettrale.

Avevano già aperto una breccia nella difesa nemica e le prime avanguardie erano già entrate nella stazione. Si stava combattendo dentro di lei e presto sarebbero stati in grado di dominarla.

Improvvisamente si udì un rumore di motori e si vide avanzare in direzione della stazione ferroviaria una colonna di auto dotate di mitragliatrici antiaeree e di carri armati medio leggeri e mitragliatrici automatiche.

Qualcuno ha annunciato:

«Sono le truppe di von Ritcher.

Quasi prima che i veicoli si fermassero, i "cacciatori" sono saltati a terra, alzando le armi, nello stesso momento in cui i carri armati hanno iniziato a sparare e sono andati sugli insorti.

Stanislas diede rapidamente i suoi ordini. Bisognava resistere ed evitare di essere circondati da quelle truppe audaci e feroci, abituate ai colpi e alle sorprese.

La stazione divenne il fulcro del combattimento. Entrambi hanno combattuto per preservarlo o per conquistarlo, mentre il resto delle forze ha preso le posizioni che sembravano più appropriate.

Stychel distinse la graziosa sagoma di un ufficiale, sigaretta tra le labbra, che dirigeva, sereno e calmo sotto i proiettili, il movimento dei suoi uomini.

La spinta dei carri armati e dei cacciatori costrinse i ribelli ad abbandonare la stazione, ma Stanislas aveva posizionato la macchina e i mortai in modo tale che i tedeschi non potessero occuparla.

I combattimenti continuarono accaniti, ma la stazione rimase in terra di nessuno, senza che i tedeschi potessero usarla e senza che i polacchi potessero renderla inutile. Nessuno dei due poteva chiamarla loro e nessuno dei due aveva fallito. La lotta iniziò, snervante e crudele. Attaccandosi l'un l'altro senza sosta con ferocia.

Il cibo veniva distribuito sotto il fuoco nemico e i feriti dovevano essere curati sotto i proiettili nemici.

Ma dopo la prima sorpresa, le due parti si prepararono a resistere, finché una si arrese.

CAPITOLO XII

UNA MISSIONE IMPORTANTE

Aleska entrò nell'ufficio del maggiore Gentzel. Il veterano sorrise, indicando una sedia.

La ragazza obbedì accendendosi una sigaretta. La rivolta era durata diversi giorni e non si sapeva nulla delle operazioni. Le battaglie e le risse nelle strade continuavano quotidianamente, senza che nessuno potesse sapere quale destino riservasse loro il futuro.

Il maggiore Gentzel si passò una mano sulla fronte e sorrise di nuovo. A parte questo gesto di stanchezza, nessuno avrebbe potuto immaginare che quell'uomo freddo e impersonale fosse preoccupato per gli eventi.

"La rivolta" iniziò a dire "è stata un successo iniziale per il generale Bor-Komorowski. Questo non si può negare. Ha raggiunto quasi tutti i suoi obiettivi, ma non è riuscita a diffondersi ulteriormente. Tuttavia, al momento entrambe le parti si sono fortificate e noi continuare a sparare e combattere, per vedere chi dei due domina l'altro.In questo momento, quando l'offensiva russa acquisisce la sua massima forza, questa rivolta può essere definitiva per le nostre armi.Deve essere completata al più presto.

Aleska annuì, sperando che l'uomo più anziano le desse il motivo per cui la chiamava.

“Un punto molto importante è la stazione nel quartiere di Praga. Se potessero usarlo i polacchi, potrebbero portare qui gruppi di partigiani dalle campagne. Ciò aumenterebbe le tue possibilità di successo. Al momento, né l'uno né l'altro lo dominano, essendo solo un obiettivo per entrambi.

Aleska annuì di nuovo. Nessuno poteva immaginare la tensione in cui aveva vissuto in quei giorni, pensando sempre a Stanislas ea quello che gli sarebbe potuto capitare. Sapeva che questa rivolta era la fine delle sue relazioni amorose. Chi vince, dovrebbe separarsi definitivamente.

"Il settore di Praga" continuò Gentzel "è difeso dalle forze del colonnello S, S.

La ragazza, interessata, alzò la testa.

"Sono riusciti a identificarlo? "Chiedo.

"Sì, finalmente ce l'abbiamo fatta. Si tratta di una sua vecchia amica.

Aleska sbatté le palpebre per lo stupore.

"Chi è?

"Stanislas Stichel.

Il cuore della giovane donna perse un battito.

"Sei sicuro? Non avrei mai potuto immaginare che fossero la stessa persona.

Gentzel annuì.

"Né tu né nessun altro potreste immaginarlo. Devi riconoscere l'abilità e il coraggio di quell'uomo. Ha saputo ingannarci fino alla fine ed è stato lui a prenderci in giro. Ora è il suo prestigio e la sua capacità militare a sostenere il distretto di Praga. Senza di lui avremmo potuto occupare la stazione e rimandarli a Stare Miasto. "Si è fermato e ha aggiunto:" C'è un modo per farlo e puoi offrircelo.

Aleska aveva paura, senza sapere perché. Con gli occhi invitò l'uomo più anziano a parlare.

«Puoi andare dal colonnello Stychel e dirci dove si trova il suo posto di comando. Sappiamo che è molto vicino a quella che potremmo chiamare la prima linea. Una volta informati di ciò, avremmo inviato un gruppo deciso a catturarlo. In questo modo crollerebbe tutta la resistenza a Praga.

Aleksa rabbrividì. Era lei, proprio lei, che doveva dare prigioniero l'uomo che amava, Stanislas. Ma Gentzel non sapeva nulla dei suoi sentimenti. Si era offerta volontaria per i servizi segreti e aveva un dovere da adempiere, come soldato di prima linea.

Le fredde pupille grigie del più grande la fissavano. Deve dare una risposta. La ragazza si sentiva torturata da mille sentimenti contraddittori. Si ricordò di suo padre e dei suoi fratelli, che combattevano alla testa delle loro truppe. Pensò a tutte le vite che poteva salvare. Tuttavia, non poteva decidere.

Doveva succedere qualcosa per evitare ciò che gli chiedevano e che lui non poteva rifiutare, Gentzel chiese di nuovo:

"Cosa c'è che non va in lui?

Aleska udì una voce, che non era la sua, dirle:

«Farò quello che posso, maggiore Gentzel.

* * *

Stanislas, al suo posto di comando, mangiò alcune conserve che gli erano state portate dal quartier generale. I suoi assistenti e le sue sentinelle avevano il suo stesso cibo. Seduti per terra, divorarono il ranch, con il fucile al fianco.

Stychel si chiese cosa ne sarebbe stato di Aleska e cosa stesse facendo in quel momento. Non la dimenticherà mai.

Vicino a una cisterna, Ritcher mangiò un panino che gli era stato consegnato da un inserviente e tracannò un bicchiere di tè caldo. L'elmo si adattava perfettamente alla testa del suo soldato. Il tenente colonnello era preoccupato per il destino della battaglia. Ma doveva ammettere che quei polacchi erano buoni combattenti.

Nel resto della città i combattimenti continuarono con uguale ferocia e ferocia. Intorno al fiume e nelle ampie strade dei Quartieri Moderni, armi rapide e baionette, insieme a cannoni leggeri, hanno lavorato instancabilmente più e più volte.

La rivolta continuò, senza che nessuno vedesse un modo per farla finita rapidamente.

CAPITOLO XIII

SOTTO LA COPERTA DI WAR

Il maggiore Gentzel saltò fuori dall'auto e aiutò Aleska a scendere. La ragazza, rannicchiata nel suo cappotto, guardava le strade e gli edifici, macchiati dalla luce dell'alba, che incombevano davanti a lei come fortificazioni militari. Distinse le sagome dei granatieri del suo paese, con il fucile in mano e gli elmetti saldamente attaccati.

Davanti a loro c'erano gli uomini di Stanislas che combattevano disperatamente.

Gentzel ha ripetuto:

"È meglio che tu non vada direttamente nel quartiere di Praga. Attraverso questo settore puoi raggiungere facilmente le linee ribelli, e una volta lì chiedi di vedere Stanislas Stychel. La condurranno da lui.

L'uomo più anziano tese la mano e aggiunse:

"Buona fortuna signora.

La ragazza annuì e se ne andò in direzione del luogo dove si trovavano i ribelli.

Con cautela, si nascose dietro gli angoli e le porte. Non potevano esporsi ai polacchi sapendo che le truppe tedesche li lasciavano passare.

* * *

Un partigiano si avvicinò a Stanislas, dicendo:

Colonnello, una ragazza desidera vederla.

Stanislas alzò la testa.

"Cosa vuoi?

"Non ha detto.

"Beh, lascia che accada.

Il partigiano partì e poco dopo Aleska entrò al posto di comando. La ragazza fissò Stanislas, incerta sul ruolo da assumere. Stychel si alzò in piedi e corse da lei.

"Aleska, che ci fai qui? Esclamò, tendendo le mani.

"Non potevo più stare lontano da te. Sono riuscito a raggiungere le tue linee e ho chiesto di essere portato a trovarti.

Gli assistenti erano usciti ed erano soli. Stanislas l'abbracciò, attirandola a sé.

"Non dovrei permetterti di rimanere qui, perché sei in pericolo.

Chiuse gli occhi e appoggiò la testa sul petto dell'uomo che amava e che stava per tradire. Si pentiva di essere lì, eppure nessuno l'aveva costretta a entrare nei servizi segreti.

Stanislas le accarezzò i capelli, aggiungendo:

"Avevo paura di non vederti mai più. Non so come andrà a finire questa lotta, che dura più del dovuto. Sono passati quindici giorni da quando tutto è cominciato.

Aleska alzò le mani per accarezzare il volto del ribelle.

"Tutto quello che volevo era stare al tuo fianco. Non mi interessa il resto. Non parliamo del futuro. Importa solo che stiamo insieme e che possiamo finalmente aspettare, fianco a fianco, che tutto questo finisca.

Stanislas la baciò, tenendola stretta al petto. Gli avvolse le braccia al collo, come se volesse donare la sua vita in quel bacio e cancellare così la barriera che li separava.

Si rese conto che stava commettendo il più spregevole tradimento su una donna. Il maggiore Gentzel non sapeva che Stychel l'amava, ma lei lo sapeva. Tuttavia, aveva accettato la missione assegnatagli.

Ma lei era un soldato e sapeva che i soldati non potevano permettere a particolari ragioni di intralciare il dovere. Lo aveva fatto lo stesso Stanislas. Ma cosa avrebbe detto questo uomo sincero e determinato quando avesse scoperto che lei stava approfittando dei suoi sentimenti per venderlo? Non avrei mai creduto nel suo amore. Immagino che fosse tutto uno stratagemma per sconfiggerlo e arrestarlo.

E mai in vita sua la ragazza aveva provato un amore così forte e appassionato come quello che l'aveva consumata per Stychel.

Stanislas la guardò sorridendo.

"Sono felice di averti al mio fianco, ma preferisco che tu stia lontano dal pericolo. Questo non è posto per una donna.

Aleska scosse la testa.

"Non ti permetterò di allontanarmi. Ho visto donne prendersi cura dei feriti e distribuire cibo e munizioni. Ci sono anche alcuni volontari.

"Ma loro sono polacchi e tu sei straniero. Questa lotta non ha niente a che fare con te.

La ragazza ha tardato a rispondere. Stanislas non poteva immaginare che questa lotta coinvolgesse anche lei, ma dalla parte del nemico.

"Voglio essere al tuo fianco" mormorò.

Stanislas non replicò, limitandosi ad abbracciarla a sé, mentre fuori le mitragliatrici sferragliavano ei mortai tuonavano.

* * *

Aleska era nel campo dei ribelli da diversi giorni. La situazione non era migliorata né per i polacchi né per i tedeschi. Entrambi conservarono le posizioni che conquistarono i primi giorni e solo alcuni incroci e alcuni edifici passarono di mano giornalmente.

La ragazza era già una figura familiare ai partigiani. Abituati a vederla prendersi cura dei feriti e badare al cibo, non furono disturbati quando la videro passare. In questi lavori Aleska metteva tutto il suo impegno forse per stancarsi e non riuscire a pensare a quello che avrebbe fatto.

Aveva studiato la situazione e si era reso conto di quanto fosse facile portare a termine il colpo di stato. Stanislas aveva stabilito il suo posto di comando in un piccolo edificio, che apparteneva al personale delle ferrovie. Aveva due stanze ed era pieno di attrezzi che venivano consegnati ai partigiani.

Era quasi sulla linea di tiro; una linea di combattimento che si estendeva per incroci, tratti di pista e edifici mitragliati. Non sarebbe stato difficile, da dove si trovavano le truppe, lanciare un attacco di massa e catturare il capo. Oppure invia una squadra prescelta e conquista la casa d'assalto.

Non sapeva cosa avrebbero fatto, ma non avrebbe lasciato Stanislas. Sentì lo sguardo del giovane pieno di tenerezza, che non una volta smise di guardarla.

Non aveva ancora trovato il modo di consegnare il suo messaggio alle forze tedesche, ma sperava di farlo presto.

Stanislas rimaneva lì tutta la notte, tranne quando usciva per i suoi giri.

Ma tra le nove e le undici si trovava sempre.

Aleska ha preferito non pensare al futuro. Sapeva che il suo amore sarebbe morto assassinato da lei stessa e questa certezza la fece disperare, con una profonda angoscia. Non c'era modo di evitare ciò che stava arrivando.

Stanislas si sentiva felice e, allo stesso tempo, aveva paura di averla lì, accanto al pericolo. Ma forse sarebbe stato peggio non averla al suo fianco e non sapere cosa le fosse successo.

Gli sembrava di saper combattere meglio e di essere più lucido nel dirigere i suoi uomini.

Nel frattempo, la battaglia di Varsavia continuava, crudele e feroce, senza fine in vista. Da un capo all'altro della città, gli uomini si attaccavano ferocemente, cercando i mezzi per il successo. La popolazione che non era intervenuta nella lotta è rimasta nelle proprie case, in attesa che tutto finisse. La vita era giunta a un punto morto.

Nelle aree occupate dai ribelli furono distribuiti pane e viveri, prelevati dai magazzini catturati. La stessa cosa avvenne nell'area occupata dalle truppe, ma il fantasma della fame cominciava a diffondersi su Varsavia.

CAPITOLO XIV

CAMBIO DI COMANDO

Un'auto da campo si fermò davanti al Komandatur. La sentinella alla porta, con occhio critico, si accorse che all'interno stava viaggiando una persona importante.

L'infermiere balzò a terra e aprì la porta, raddrizzandosi rigidamente. Questo finì per convincere la sentinella che il personaggio che viaggiava all'interno non era uno qualunque.

Un generale scese dal veicolo, dirigendosi con passo deciso verso la casa. Era ancora un giovane, robusto e forte. La sua uniforme era pulita e ben tagliata, ma aveva tracce della polvere del viaggio. Sul petto portava varie decorazioni, alcune risalenti alla guerra del 1914. Sotto il berretto scozzese spiccavano un viso arrossato e tratti energici, che mettevano in risalto il mento caparbio e le pupille focose.

I suoi assistenti sembravano uomini determinati e duri quanto lui.

Rispose al saluto della sentinella e informò l'ufficiale di guardia che si trattava del generale Bach-Zelewski, appena arrivato dal fronte russo.

Tutti rabbrividirono quando sentirono il nome del militare. Questo soldato determinato e senza paura era sempre sulla linea di battaglia e pronto ad andare avanti, indipendentemente dalle difficoltà.

Si era specializzato in colpi duri e situazioni difficili. Era anche famoso per la sua voce tonante quando impartiva ordini sotto il fuoco nemico.

Fu accolto da Schellenberg e dal suo assistente. Bach-Zelewski si raddrizzò, mostrando un ufficio dal Grand Headquarters, in cui fu nominato capo di tutte le forze di Varsavia, sotto Schellenberg.

"Mio generale" continuò, con il suo modo di parlare un po' brusco, "non sono qui per sostituire nessuno, né per rovinare il lavoro di nessuno. Aspetto ordini.

Schellenberg non riuscì a trattenere un sorriso a quel modo di parlare così caratteristico del comandante degli stormtrooper.

"La situazione" ha cominciato a dire avvicinandosi alla planimetria della città appesa al muro "non è promettente, ma nemmeno disperata. Siamo in un periodo di attesa, in cui non vediamo una soluzione nel prossimo futuro.

"Sono stato incaricato al quartier generale di sedare presto la rivolta. Ciò rende difficile l'invio di truppe in prima linea, e questo non è il momento per i ritardi. I russi continuano ad avanzare verso il confine polacco. È passato quasi un mese dallo scoppio della rivolta. Non è così, mio generale?

Schellenberg annuì.

«Così così. Tuttavia, la difficoltà è che è difficile sloggiare i ribelli dai loro punti di resistenza, poiché i quartieri devono essere conquistati casa per casa. Portate rinforzi?

"Solo un battaglione di carri armati" rispose Bach-Zelewski "e un mortaio di 65. Penso che questo basti.

Schellenberg allora disse:

"Suppongo che tu sia stanco. Questo pomeriggio possiamo riunire lo staff e discutere di questi argomenti.

Il nuovo arrivato scosse la testa.

«Non sono stanco, mio generale. Possiamo incontrarci il prima possibile.

Due ore dopo, tutti i capi unità erano riuniti nel Komandatur. Con il generale erano presenti anche il maggiore Gentzel e il colonnello Haller. All'incontro c'era anche un tenente colonnello sorridente, il volto abbronzato dal sole, con indosso il teschio delle truppe corazzate.

"Il generale Bach-Zelewski" iniziò a dire Schellenberg "prenderà il comando delle forze in piazza. Bisogna prima di tutto preparare un esame della situazione.

Il capo di stato maggiore ha letto un rapporto preparato con le parti dei diversi capi unità, spiegando la situazione delle forze contendenti.

Bach-Zelewski ascoltava in silenzio, picchiettando una matita sul tavolo. Stava usando sempre più forza per farlo.

Il capo della petroliera, un ex amico di Peter, gli disse:

"Sta diventando furioso. Finirà per prendere a pugni il tavolo.

"Dicono che abbia un pessimo carattere" rispose Peter.

"Certo. È terribile. Ma puoi star certo che la rivolta sarà schiacciata.

Quando ebbe finito, Bach-Zelewski si alzò in piedi.

"Da quanto ho appena detto, i due centri nevralgici della città sono il fiume e il quartiere di Praga. Occorre quindi spingere i ribelli dall'altra parte della Vistola e riprendere le comunicazioni fluviali. Quindi è necessario espellerli dalla stazione, in modo che i treni possano circolare liberamente. "Si rivolse a Schellenberg e aggiunse:" Se per lei va bene, signore, prima eseguiremo queste due operazioni e poi faremo pressione sulla Città Vecchia finché non saranno costretti ad arrendersi o finché non saranno annientati.

Schellenberg sorrise alla sua focosa.

"Questo è ciò che è stato provato, finora senza successo. Si attaccano al suolo e resistono bene.

"Lo vedo, mio generale, ma penso che possiamo impiegare mezzi diversi da quelli impiegati fino ad ora. Carri armati e lanciafiamme ci saranno molto utili. Questi combattimenti casa per casa e strada per strada sono molto simili a quelli che abbiamo sopportato a Stalingrado e nella conquista delle fortificazioni di Sebastopoli. Le forze di fanteria devono essere flessibili e combattere bene; qualcosa come i nostri paracadutisti e commando nemici. Ma ho anche potuto verificare che l'uomo più coraggioso, capace di assalire un nido di mitragliatrici a petto nudo, si sente spaventato da un lanciafiamme. Sarà necessario fornirli ai combattenti. I carri armati sono quasi invincibili perché costituiscono un baluardo mobile che può essere sconfitto solo con i cannoni contro i carri armati, di cui non è facile per i ribelli smaltire in quantità.

Peter sorrise, guardando la testa dei panzer. Il maggiore Gentzel si alzò e si schiarì la gola, dicendo:

"Sarebbe conveniente informare i ribelli che verranno schiacciati e che è meglio che si arrendano. Si potrebbero formare dei recinti per accoglierli, insieme a tutta la popolazione civile che desidera venire alle nostre linee.

"Mi suona bene", ha detto Schellenberg, quando gli è stato chiesto da Bach-Zelewski. Ci penserà il colonnello Haller.

"Mio generale" continuò il maggiore Gentzel, "abbiamo confidenze attendibili del luogo dove si trova il posto di comando del colonnello SS, capo dei ribelli nella zona della stazione. Abbiamo scattato fotografie aeree per conoscere bene la casa Il pilota che li ha presi è stato colpito più volte, ma è rimasto illeso.Credo, a meno che tu non la pensi diversamente, che una squadra ben scelta possa catturarti e privare il nemico di uno dei loro migliori leader.

Bach-Zelewski si rivolse a Schellenberg:

"Se non si oppone, mio generale, credo che questa misura possa essere eseguita. "Quando il superiore annuì, chiese: Quale unità potrebbe essere responsabile di questa missione?

"Tenente colonnello von Ritcher.

CAPITOLO XV

ANCORA DAVANTI A FRONTE

Stava arrivando l'alba. Sui tetti grigi della città l'alba annunciava, mentre negli incroci e negli angoli gli uomini combattevano e aspettavano che la battaglia continuasse.

Peter ha impegnato la pattuglia d'assalto del suo battaglione. Il sottotenente in comando la salutò dicendo:

«Nessuna novità, mio tenente colonnello.

Von Ritcher gli fece cenno di abbassare la mano, poi spiegò:

"Sapete tutti cosa ci si aspetta da voi. Hai studiato le fotografie e la planimetria del settore. Sai quale casa dobbiamo razziare e anche l'uomo che deve essere catturato o ucciso. Manderò io stesso la pattuglia.

Tra gli uomini di quel reparto ci fu un moto di soddisfazione. Accarezzavano mitra e fucili, gonfiando il petto. Alla cintura portavano pistole e pistole. Ritcher prese un mitra e borbottò:

"Partire.

Il capitano Schulz lo guardò allontanarsi, leccandosi le labbra. Non aveva paura che questa operazione si sarebbe conclusa con un fallimento. L'unica cosa che temeva era che il suo capo sarebbe morto nella rissa.

La pattuglia avanzò fino agli ultimi posti di guardia. I "cacciatori" sorrisero, borbottando:

Buona fortuna, compagni.

Un sergente alzò la mano, sorridendo.

Peter guardò il viottolo in fondo al quale stavano i polacchi. Tra entrambe le posizioni è stato aperto molto. Si spera che possano passare dall'altra parte senza che nessuno se ne accorga.

Von Ritcher fece un cenno e gli uomini saltarono oltre la recinzione, entrando nel parcheggio. Avevano abbandonato le loro armi pesanti e conservavano solo quelle che potevano essere utili nel combattimento ravvicinato.

Il maggiore Wagner, comandante del secondo battaglione, si rivolse a Schulz:

"Tutto deve essere organizzato, e non appena sentiremo il segnale, attaccheremo.

Peter avanzò seguito dalla pattuglia. Il sottotenente marciava al suo fianco in silenzio. L'elmetto e la mitragliatrice ricordarono a Peter i suoi primi combattimenti nei Paesi Bassi, all'inizio della guerra.

Raggiunsero l'altra estremità del lotto. Un soldato ha inavvertitamente preso a calci una lattina. Nel silenzio dell'alba risuonò come un colpo di cannone. Peter fece cenno a tutti di nascondersi. Non lontano, una voce chiese in polacco:

«Cos'era quello, Sikorski?

"Niente. Mi sembra che tu sogni" gli risposero.

Peter si avvicinò al recinto e guardò dall'altra parte. Non c'era nessuno e nelle vicinanze c'era un altro vicolo che portava alla pista. Il tenente colonnello fece un cenno e la pattuglia balzò in strada, dirigendosi verso il vicolo.

Lo attraversarono in silenzio. Con le armi montate, si attaccavano alle pareti per non essere sorpresi. Cercavano di procedere con cautela per non attirare l'attenzione del nemico. Raggiunsero la fine del vicolo, distinguendo la strada e, oltre questa, il terzo capannone di materiale.

Von Ritcher indicò l'edificio. Non c'era dubbio che fosse lui. Sulla porta c'era una sentinella infilata in una pelliccia e con le fondine incrociate sul petto.

Il muro era in ombra e permetteva loro di avvicinarsi ai binari del treno, ma dovevano strisciare. Avanzarono, Pietro che marciava per primo. Quando raggiunse i binari, alzò la testa. L'edificio non era lontano. La sua pattuglia, addestrata com'era, poteva raggiungerlo e sopraffarlo prima che arrivassero gli altri partigiani.

Fece un cenno al sergente e il sergente prese la pompa a mano, strappando la sicura. Poi lo lanciò con forza sulla sentinella.

Allo stesso tempo, il tenente colonnello gridò:

"Andiamo ragazzi.

La granata esplose, abbattendo la sentinella, ma i "cacciatori" stavano già correndo verso l'edificio. Il segnale era stato dato e l'intero battaglione d'assalto avrebbe attaccato per salvare il loro capo.

Dalla cabina uscirono due partigiani e il maresciallo gli sbatté in faccia la mitragliatrice, abbattendoli a raffica. Erano già davanti all'edificio. Il sottotenente si è buttato su una finestra, nello stesso momento in cui uno dei soldati ha colpito con il calcio del fucile per aprirla. Peter, seguito dal sergente, entrò al posto di comando.

Una debole luce elettrica illuminava la stanza. Qualcuno ha lanciato una sedia, rompendola. Ma in quel momento la finestra si aprì, entrando nella luce lattiginosa dell'alba.

Peter affrontò il mitra e sparò su due partigiani che gli stavano davanti. All'improvviso vide un uomo alto e forte che agitava un'automatica.

Sorrise ferocemente. Dev'essere il colonnello delle SS. Per essere sicuro, ha urlato:

stile.

Stanislas si trovò scoperto e si alzò, preparandosi al fuoco. Lo avevano braccato e lui non voleva scappare.

In quel preciso momento, Aleska lasciò la stanza accanto. Osservò la scena, rendendosi conto di quello che stava per accadere e abbracciò Stanislas, rivolgendosi all'ufficiale tedesco. Aveva cominciato a sparare quando la ragazza si era messa tra i due uomini.

Il corpo della giovane donna tremò, scosso dalla frusta d'acciaio. Le sue pupille si restrinsero mentre i suoi muscoli si rilassavano. L'ufficiale nemico abbassò la mitragliatrice, fissando la scena con orrore.

Un grido rauco si levò in prossimità del binario ferroviario. Il battaglione d'assalto attaccò, preceduto da carri armati.

Visto l'atteggiamento dei due capi, le truppe nemiche raccolte in quel luogo non spararono, guardandosi con sorpresa. Si sentiva il ruggito della battaglia. Allora il capitano Noraczewski afferrò il colonnello per un braccio, trascinandolo nell'altra stanza. Chiuse la porta, preparandosi a fuggire attraverso una finestra.

Stychel ebbe a malapena la forza di muoversi, ma seguì il suo assistente. Tutto era stato così veloce, sembrava noioso. Lungo tutta la linea, le forze polacche furono attaccate dai tedeschi, che si stavano spingendo verso la stazione ferroviaria.

Il maggiore Wagner guidava i suoi uomini con perizia e abilità. I carri armati sparavano incessantemente, aprendo varchi nelle pareti e abbattendoli mentre caricavano. I "cacciatori" di pattuglia, assaltavano le roccaforti nemiche e sganciavano le bombe a mano. Mitragliatrici e machete entrarono in gioco, scacciando i polacchi dalle loro ridotte.

A poco a poco, le forze armate stavano assaltando gli edifici verso la stazione ferroviaria. Ma il colonnello delle SS era salvo e sarebbe tornato al fronte dei suoi uomini.

CAPITOLO XVI

MENTRE LA GUERRA CONTINUA

Noraczewski ha lottato con il colonnello per rimuoverlo dal posto di comando. Stanislas, ancora stordito, gridò:

"Aleska! Aleska!

Il capitano chiamò un altro partigiano, incaricandolo di aiutarlo a portare via il suo superiore. Tra i due riuscirono a dominare Stychel, che faticava a tornare nell'edificio. Alla fine il partigiano sollevò la pistola, assestando un colpo al cranio del colonnello.

Svenuti, riuscirono a portarlo via da lì, mentre il maggiore Dmowaki organizzava la difesa contro l'avanzata disperata del battaglione dei "cacciatori".

Ristabilite le linee, sebbene lontane dalla stazione, che era stata completamente occupata dai tedeschi, i ribelli riuscirono a fermare, dopo pesanti perdite e scontri sanguinosi, l'attacco del battaglione nemico.

Stanislas riprese conoscenza, ritrovandosi in un magazzino abbandonato. Solo Noraczewski lo accompagnava. Il capitano capiva lo stato d'animo del suo capo e amico e non voleva che nessuno lo accompagnasse.

Stychel fissò stordito il punto in cui si trovavano, apparentemente incapace di ricordare cosa stesse succedendo. Improvvisamente le sue pupille si illuminarono e lui balzò in piedi.

"Aleska! Aleska!

Noraczewski si avvicinò, borbottando:

Coraggio, colonnello.

Stychel si lanciò verso la porta, urlando:

"Perché mi hai portato via dal suo fianco? Voglio salvare il suo corpo.

Noraczewski si è messo in mezzo, spiegando:

«Deve pensare ai suoi uomini, colonnello. Aleska sarà sepolta dai tedeschi.

Stanislas abbassò la testa. Si rese conto che, torturato dalla morte di Aleska, stava per dimenticare la missione sulle sue spalle. Era necessario non dimenticare le centinaia di ribelli che si fidavano di lui. Non poteva tradire la causa a cui si era dedicato.

Ma la sua sfortuna lo avvolse in gambali invisibili, anche se indistruttibili. Aleksa era morta. Gli sembrava impossibile che ciò potesse accadere. Pochi minuti prima che questo ufficiale nemico entrasse nel posto di comando, avevano cenato insieme, chiacchierando e ridendo. Anche Noraczewski aveva preso parte alla conversazione.

La retina di Stychel era ancora piena dell'immagine della ragazza felice e felice. Solo una certa malinconia nel suo sguardo, che lei cercava di controllare, ricordava la situazione in cui si trovavano. La sua risata gli sembrava ancora una risata priva di preoccupazione e paura. Credeva di sentire ancora il profumo del suo corpo.

Eppure Aleska era morta. Non era altro che un cadavere inanimato, i muscoli strappati e la sua risata svanita per sempre, quella risata che tanto amava il colonnello.

Disperato, nascose il viso tra le mani e diede sfogo al suo dolore, non vergognandosi di essere visto dal suo assistente.

La sua angoscia, quando si rese conto che era tutto finito, che i sogni che avevano disegnato insieme non si sarebbero mai avverati, lo prese completamente e scoppiò in lacrime come un bambino.

Noraczewski lo osservava in silenzio. Capì cosa doveva soffrire quell'uomo, davanti ai cui occhi e senza che lui potesse impedirlo, la donna che amava era morta violentemente.

Il colonnello era ignaro di tutto tranne che del suo dolore quando iniziò l'operazione ideata dal generale Bach-Zelewski.

* * *

Combattendo disperatamente per fermare i soldati russi, la notizia della rivolta di Varsavia si era diffusa in tutto il fronte. Per i tedeschi rappresentò un ostacolo che impediva l'arrivo di treni di viveri e munizioni.

I generali prepararono le loro divisioni per respingere l'attacco sovietico, che in seguito immaginarono più difficile.

Tuttavia, presso la sede russa ...

L'auto militare, seguita da una colonna di camion e veicoli, avanzava lungo la strada allagata, mentre colonne di fanteria e carri armati avanzavano attraverso il campo, a ridosso della strada. L'artiglieria e la cavalleria continuarono la loro marcia, cantando antiche canzoni.

Un motociclista si è fermato davanti all'auto e ha salutato, porgendo un lenzuolo. Poi si fermò accanto all'entourage.

L'uomo dentro l'auto, un ufficiale alto e muscoloso con le tempie bianche, aprì il lenzuolo, studiandolo attentamente. Quell'ufficiale era il maresciallo Vatupin, capo delle forze russe al confine polacco.

Il maresciallo studiò la lettera e ordinò all'autista di fermarsi. Poi, mentre le auto del suo entourage lo imitavano, si è avvicinato a un camion della trasmissione e ha chiesto una linea con Mosca. Parlò un attimo al telefono e annuì.

Il maresciallo passeggiava per qualche istante accanto alla macchina e, rivolto all'assistente, ordinò:

«Convoca i comandanti dell'esercito.

Poi è tornato alla macchina, continuando la marcia. Quella notte, mentre gli insorti combattevano disperatamente contro gli attacchi di Bach-Zelewski, i vertici dell'esercito russo si incontrarono.

Vatupin entrò nell'isbà dove avevano stabilito il loro quartier generale e guardò le uniformi, colletti alti e antiquati e calzoni da equitazione, con stivali lucidi. Sul petto degli uomini erano allineate strane decorazioni russe.

"Generali" cominciò a dire il maresciallo, "abbiamo ricevuto un ordine che dobbiamo rispettare.

Gli ufficiali alzarono la testa, guardandolo incuriositi. Si vedevano uomini con l'uniforme dell'aviazione, con quella delle truppe corazzate e con i berretti di pelliccia dei cosacchi.

"Questo ordine è di fermarci.

La notizia è caduta come una bomba al raduno militare. Tutti si guardarono stupiti. Un generale alto e muscoloso con gli occhi a mandorla mongolo si affrettò a dire:

"Fermati ora che forse possiamo sfondare il fronte?

Vatupin annuì.

"Sono ordini superiori, da chi comanda più di me. Inoltre, la rivolta di Varsavia deve essere repressa prima di continuare. Poi proveremo a rompere di nuovo il fronte.

Immediatamente furono eseguiti gli ordini precisi e le truppe sovietiche si fermarono, raggruppandosi nelle posizioni più convenienti e restando sulla difensiva, senza attaccare un solo istante i tedeschi, che si trovavano in una situazione critica.

CAPITOLO XVII

testardamente

"Una parte del nostro obiettivo è stata raggiunta" ha detto Bach-Zelewski ", ma ci manca ancora la cosa più importante.

Gli ufficiali ascoltarono in silenzio, aspettando che continuasse i loro ordini.

"Siamo riusciti solo a catturare la stazione ferroviaria, ma non a espellere i ribelli dal quartiere di Praga. Tuttavia, devo rendere omaggio al tenente colonnello von Ritcher, che con un mirabile colpo di audacia ha raggiunto il suo primo obiettivo.

Tutti si voltarono verso Peter, che era fermo, i lineamenti tirati.

"Credo che la lotta in quel settore dovrebbe continuare fino a quando i ribelli non avranno attraversato il fiume o fino a quando non saranno isolati dall'Alexander Bridge. Ma nel settore Nowe Miasto e Stare Miasto le sponde della Vistola devono essere ripulite. Le due operazioni verranno eseguite contemporaneamente, ma con minore intensità. La lotta a Praga deve continuare come prima, in colpi successivi che catturano gruppi nemici ed edifici trasformati in forti. Su Nowe Miasto scateneremo un'offensiva.

Quello stesso pomeriggio, le strade vicino al fiume erano piene di soldati e carri armati. Alcuni pezzi di artiglieria di accompagnamento erano stati sistemati negli incroci e negli angoli, in modo che fossero puntati sulle posizioni dei ribelli.

A un certo punto cominciarono a sparare senza sosta. Gli edifici, trasformati in forti, saltarono in frantumi, schiacciando i loro difensori. Di tanto in tanto, il fuoco cessava e si sentivano degli altoparlanti che avvertivano i ribelli:

"Resa. Non puoi avere successo e otterrai solo vittime innocenti. Resa.

Poi è arrivato il fuoco di artiglieria. Ma i polacchi rimasero al loro posto, pronti a difendersi.

Alla fine, il bombardamento nemico cessò e i carri armati d'assalto iniziarono la loro marcia sulle roccaforti avversarie. Gruppi di soldati, muniti di armi leggere e lanciafiamme, li seguirono, lanciandosi sulle roccaforti partigiane.

Le armi automatiche iniziarono a tintinnare e le bombe a mano esplosero mentre le catene dei carri armati stridevano e i motori ruggivano. L'artiglieria dei mostri corazzati ha sparato le sue salve sugli edifici. I lanciafiamme diffondevano le loro ondate di fuoco, aprendo la strada alle truppe e scacciando i ribelli.

Le unità di genieri avanzavano con le loro cariche di dinamite, posizionandole nelle ridotte nemiche per farle esplodere.

A poco a poco le ondate di granatieri e zappatori, protetti dai carri, fecero ritirare i ribelli verso il fiume.

Il maggiore H si era assicurato i rinforzi e le truppe che lo sostenevano erano tenacemente attaccate al suolo. Ma capì che se non fosse riuscito a fermare l'avanzata tedesca, sarebbe stato travolto, lasciando i suoi uomini inutili per continuare la battaglia nelle strade.

Andò alla linea di fuoco, acclamando le sue truppe. Andava da un posto all'altro, esponendosi costantemente, ma inducendo gli uomini a mostrare più entusiasmo.

Il mese di settembre era iniziato e il freddo cominciava a diffondersi in tutta la città. Strisce ghiacciate arrivavano dalla pianura ai combattenti.

Il maggiore H riuscì a distinguere le masse di carri armati che incombevano sulle macerie, circondate dai gruppi d'assalto. Fiumi e raffiche di armi automatiche fecero un ruggito intorno a lui, ossessionante e esasperante.

Vide anche come alcuni combattenti fuggivano, terrorizzati dalla presenza di carri armati e lanciafiamme, che aprivano la strada. Un edificio da cui si difendevano diversi ribelli è stato preso dai genieri.

Le truppe tedesche continuarono la loro strada, irrefrenabili e travolgenti.

Dovevano essere contenuti. Diede i suoi ordini ei volontari accorsero, stabilendosi davanti alle avanguardie nemiche, che caricavano furiosamente.

Tra le macerie e tra le macerie i partigiani si ripararono, montando mitragliatrici e mortai. Sapevano che se avessero isolato i carri armati, annientando i soldati che li accompagnavano, sarebbe stato più facile combatterli. Ma i lanciafiamme e le bombe a mano non hanno lasciato un attimo di tregua.

Il maggiore H capì che avrebbe ottenuto solo che la sua intera unità sarebbe stata annientata e che nessuno sarebbe stato in grado di continuare a combattere.

"Bisogna resistere fino a notte fonda. Poi attraverseremo di nuovo il fiume.

Le esplosioni dell'artiglieria si sono mescolate alle cariche di dinamite che hanno fatto saltare gli edifici. Il rumore delle mitragliatrici indicava l'avanzata che procedeva, più lenta ma inarrestabile.

Improvvisamente una granata esplose a poca distanza dal maggiore, ed egli cadde, insanguinato. Le sue ultime parole furono:

"Lascia che attraversino il fiume al tramonto.

La lotta continuò con maggiore intensità. Nonostante la morte del condottiero, i polacchi continuarono a combattere con uguale determinazione finché sulla città non calò la notte.

Diverse barche si erano radunate alle banchine del fiume, e poi le truppe si stavano imbarcando sui trasporti, marciando verso l'altra sponda.

A poco a poco la Città Nuova fu abbandonata ei partigiani tornarono sulla riva da cui erano partiti. Tutti provarono un enorme dolore. Non sembrava possibile che tutto potesse finire così, e ripetevano:

"Ci torneremo ancora.

Tuttavia, le loro voci mancavano della sicurezza di pochi giorni prima.

Alla fine quasi tutti raggiunsero l'altra sponda, distinguendo dalle chiatte come i carri armati tedeschi ei granatieri arrivarono alla banchina, dalla quale erano fuggiti.

Per tutto quel giorno, il colonnello "Wladimir" riuscì a fermare l'avanzata dell'armatura sulle sue linee. Attraverso gli ampi viali dei Quartieri Moderni, i carri armati avanzavano con disinvoltura, evolvendosi senza ostacoli. Ma dalle case vicine e dagli edifici semidistrutti sparavano senza sosta alle truppe al seguito dei carri.

Non si riposarono un solo minuto. Hanno continuamente fatto irruzione nelle case, combattendo stanza per stanza, finché i partigiani non furono cacciati o annientati. I lanciafiamme hanno spazzato senza sosta stanze e luoghi dove i partigiani hanno resistito. I carri armati sparavano a destra e a manca, sugli edifici vicini.

Alla fine, il colonnello Wladimir dovette ritirarsi con cautela senza abbandonare la sorveglianza, per evitare di essere travolto e riuscire a separare le sue truppe dal grosso dell'esercito clandestino.

Lasciarono disperatamente il Quartiere Moderno, dirigendosi verso la Città Vecchia. Lì avrebbero resistito fino all'arrivo dei russi o fino allo sbarco dell'esercito di Anders dall'Italia.

Alla periferia della città si radunavano i prigionieri catturati dai tedeschi. Le truppe di polizia custodivano quegli uomini, nella cui avventura erano stati abbandonati.

Bor-Komorowski riunì il suo staff.

"Dobbiamo rafforzarci nello Stare Miasto, finché possiamo. Non lasceremo un centimetro di terreno in più rispetto a quando necessario. Aspettiamo l'arrivo degli alleati.

CAPITOLO XVIII

ANNIENTAMENTO

Mentre in tutti i settori e quartieri fuori le mura. Continuava l'inarrestabile pressione dei tedeschi, spingendo i partigiani verso lo Stare Miasto, nel quartiere di Praga il battaglione dei "cacciatori" si apprestava ad annullare la roccaforte delle truppe del colonnello delle SS.

Nel campo dei tedeschi, passeggiavano a fianco dei carri armati e delle mitragliatrici, a braccia tese. Nei combattimenti dovettero intervenire anche auto dotate di mitragliatrici antiaeree.

I soldati della ferrovia stavano lavorando per riparare i binari in modo che tutto potesse continuare a correre subito.

Improvvisamente dal posto di comando emerse l'elegante figura del tenente colonnello von Ritcher. Il suo viso, pur conservando la consueta serenità, era visto come contratto, e nelle sue pupille brillava uno sguardo di disperazione.

I soldati si guardarono a disagio. Sapevano che dall'assalto alla capanna nemica il loro capo era strano. Non hanno chiesto perché, ma la notizia della morte di una donna era circolata e forse questo spiegava tutto.

Von Ritcher, con l'elmetto ben allacciato e il mitra sotto il braccio, fissava i suoi uomini. Tutto era pronto per il combattimento.

Fece un segnale ei veicoli avanzarono, dirigendosi a ventaglio verso l'Alexander Bridge. Peter, accompagnato dal capitano Schulz, saltò su una mitragliatrice automatica e partì, seguito dall'intero battaglione. La lotta è ricominciata.

I gruppi e le pattuglie avanzarono all'inseguimento dei blindati, spazzando via le difese nemiche. Le mitragliatrici circolavano, cariche di "cacciatori", per le strade più larghe, scavalcando le macerie e le buche del selciato realizzate dall'artiglieria.

Le auto armate di mitragliatrici antiaeree sparavano a zero, mentre i distaccamenti leggeri assaltavano le posizioni avversarie.

Stanislas ricevette la notizia dell'avanzata dell'avversario. Ancora disperato per la morte di Aleska, che a volte sembrava impossibile, si alzò in piedi, acclamando le truppe che stavano ancora aspettando.

"Li fermeremo. E riguarda von Ritcher, il nostro nemico.

I partigiani, armati e accigliati, uscirono per affrontare il nemico. I due schieramenti opposti hanno marciato con la stessa decisione e con i loro capi in primo piano.

I combattimenti iniziarono ferocemente e continuarono duramente. Le pattuglie tedesche saltarono tra le macerie, sparando proiettili di mitragliatrice e bombe a mano sui nidi degli avversari e affondando le baionette nel corpo del nemico.

Carri armati e blindati sparavano incessantemente, spingendo continuamente verso il fiume. Le fiamme rosse dei lanciafiamme si levavano dagli edifici trasformati in campi di battaglia.

Più e più volte i "cacciatori" si gettavano sull'avversario senza sosta. I cadaveri giacevano tra le macerie. I prigionieri furono allontanati dal combattimento, con le mani alzate.

Per una volta i partigiani sembravano vacillare. Un gruppo di carri armati si è incuneato, seguito dalle pattuglie, su un'ampia strada che ha permesso loro di evolversi.

Terrorizzati, i polacchi si lanciarono in volo verso il Ponte, non pensando ad altro che a salvarsi. Stanislas fu avvertito di quanto stava accadendo e corse in quel luogo, accompagnato dal suo assistente. Saltò fuori dall'auto, un veicolo elegante trovato in un garage, ed esclamò, rivolgendosi ai partigiani in fuga:

"Li vuoi tutti schiacciati? Difenditi, perché se non lo fai, i carri armati ti bruceranno.

Gli uomini, incoraggiati dalle sue parole, si fermarono, mentre lui continuava a parlare incoraggiandoli a difendersi. Vide a breve distanza un edificio quasi in rovina e lo indicò, aggiungendo:

"Da lì possiamo fermarli.

I partigiani si rifugiarono tra le macerie e tra le macerie. Le mura erano per metà demolite, mostrando i buchi praticati dall'artiglieria e dalle cariche di dinamite.

Da lì aprirono il fuoco sui carri che avanzavano. I carri armati si fermarono, mantenendo il fuoco sul nemico, mentre le truppe di fanteria caricavano in avanti. Al centro si distingueva la figura di un ufficiale, elegantemente vestito. Stanislas credette di aver riconosciuto la sua figura.

A poco a poco i soldati tedeschi avanzavano verso l'edificio. Stanislao capì che era necessario resistere o ritirare le truppe dall'altra parte della Vistola, e mentre rimase al suo posto, organizzò il ritiro di altri settori.

Alla fine i "cacciatori" tedeschi caricarono l'edificio. Saltarono sopra macerie e imbuti, entrando attraverso le fessure nei muri.

Stanislas prese un mitra e iniziò a sparare intorno a lui per difendersi. Improvvisamente distinse la figura di un ufficiale che saltava da una finestra brandendo il mitra. Lo riconobbe subito. Era von Ritcher, l'uomo che aveva ucciso Aleska. Ha affrontato la mitragliatrice e ha iniziato a sparare sul suo nemico. I proiettili sollevarono nuvole di polvere vicino all'ufficiale, ma lo mancarono. Peter rimase immobile, senza sparare, mentre il nemico indietreggiava.

Sfrattati alla fine dell'edificio, i polacchi si ritirarono sul ponte di Alessandro e su una chiatta sull'altra sponda. Peter era anche responsabile di quel settore.

Una volta che tutti furono rinchiusi all'interno dello Stare Miasto, il generale Bach-Zelewski iniziò l'assedio. I cannoni ei carri armati continuarono a sparare sulle prime case dell'altra sponda, mentre le truppe si preparavano a lanciare la loro conquista. Di tanto in tanto gli altoparlanti ripetevano le note parole:

"Resa. Non puoi avere successo e farai solo vittime inutili.

Poi il mortaio di Thor è entrato in azione. Ha iniziato a sparare dalla sua piattaforma sulla Città Vecchia. I loro boom sembravano scuotere l'intera città.

A poco a poco, le prime strade della Città Vecchia erano state sgombrate dagli avversari e le truppe tedesche si avviavano alla conquista. Riuscirono a sbarcare sull'altra sponda e ad occupare le prime case. Lì si fecero forti e continuarono la marcia, per le strade strette, tra una pioggia di proiettili di cecchini sconosciuti che così vendicarono il loro coraggio quando seppero di essere stati sconfitti.

La lotta continuò. Casa per casa, angolo per angolo, i tedeschi stavano conquistando la Città Vecchia, mentre il mortaio di Thor scaricava sulla popolazione i suoi giganteschi proiettili.

Stychel ha continuato a cercare Peter durante i combattimenti. Ha avuto rapporti che ha sempre marciato davanti ai suoi soldati e che li ha guidati nei colpi, ma non si sono mai più incontrati. Il polacco si disse che una sola volta erano riusciti a vedersi e che non poteva ucciderlo, come desiderava. Aleska non era ancora vendicata.

L'operazione di pulizia continuò, schiacciando i polacchi che ancora si difendevano a ridosso del suolo, rimasero nelle loro posizioni, protetti dalle strette vie dello Stare Miasto.

CAPITOLO XIX

PRIMA DELLA REALTÀ

La lotta continuò con intensità. Il mese di settembre era finito e la neve cominciava già a cadere sui monti. L'aria fredda si estendeva sulla città in fiamme, ma non impediva ai combattimenti di diventare feroci.

I bombardamenti ei combattimenti nelle strade continuarono intensamente. I granatieri e i "cacciatori" stavano invadendo via via le strette vie dello Stare Miasto, ricevendo i colpi dei cecchini riparati negli edifici.

Quella mattina, 1 ottobre 1943, il generale Bor-Komorowski si riunì nel seminterrato dove aveva il suo quartier generale, con i suoi assistenti e i capi del suo esercito.

Tutti mostravano le tracce della lotta continua.

Molti di loro indossavano bende e ferite non cicatrizzate. L'espressione disperata degli uomini di fronte alla morte si vedeva sui loro volti, senza possibilità di salvezza. Stanchi, stanchi, con i nervi tesi, si riunirono lì per decidere la situazione, in cui avevano sperato di riuscire.

Stanislas, morso dal dolore, stava in piedi a un'estremità, fissando il suolo. Dmowaki era morto e Noraczewski aveva preso il posto. Molti dei suoi uomini erano caduti nei combattimenti crudeli e i loro ricordi ossessionavano il colonnello.

L'immagine di Aleska, stesa a terra, continuava a perseguitarla.

Bor-Komorowski si schiarì la gola e fissò gli uomini che lo avevano seguito nella sua disperata lotta.

"Signori" disse ", non ho bisogno di spiegare qual è la situazione in cui ci troviamo. Voi, trovandovi nel bel mezzo di una rissa, lo sapete quanto me. Dobbiamo però decidere cosa fare.

L'assemblea lo guardò a disagio. Dove li avrebbe portati il generale?

"Nonostante i nostri successi iniziali, dovuti principalmente alla mancanza di aiuti esterni, ci ritroviamo ridotti allo Stare Miasto, che viene continuamente bombardato e spazzato via dal nemico. I nostri uomini cadono o vengono catturati. Stiamo finendo cibo e munizioni. Penso che ci sia rimasta solo una soluzione. Resa.

Tra gli ufficiali c'è stato un momento di sorpresa. Stychel non riuscì a trattenersi ed esclamò alzandosi in piedi:

"Arrendersi? È per questo che abbiamo lanciato così tanti uomini nella lotta? Non continueremo? Possiamo ancora batterli e resistere.

Bor-Komorowski lo guardò con una certa compassione.

"Colonnello, so che daresti la vita, e io farei lo stesso, per tenere alta la nostra bandiera. Ma tieni presente che non possiamo più vincere e che è nostro obbligo evitare tutte le vittime inutili. Abbiamo mantenuto le nostre posizioni fino a quando non è stato umanamente impossibile andare avanti. Se qualcuno di voi crede che ci sia un modo per mantenersi e continuare fino a quando non avrà vinto, sono disposto ad ascoltarvi. Altrimenti, invierò oggi una commissione al generale Schellenberg.

Nessuno ha osato rispondere. Stychel si coprì il viso con le mani. No, non era possibile che fossero sconfitti. Dovettero arrendersi di nuovo, come fecero prima, quando furono invasi da due fronti contemporaneamente. Eppure capì che il generale aveva ragione. Non c'era altra scelta.

* * *

Stanislas guardò l'Alexander Bridge, sul quale avanzava un gruppo di uniformi tedesche, insieme a una bandiera bianca. Si rivolse agli aiutanti del generale e disse:

"Loro stanno arrivando.

Oltre quel ponte, rifletté il giovane, i delegati del generale Bor-Komorowski stavano andando a trattare con il nemico, ed era proprio attraverso questo luogo che aveva sognato di condurre i suoi uomini alla vittoria.

I rappresentanti polacchi incontrarono i tedeschi al centro del ponte. Alcuni indossavano le loro uniformi, coprendosi con mantelli militari. Gli altri indossavano i loro abiti civili, infilati nei cappotti. Bandiere bianche sventolavano sopra le due delegazioni.

Da entrambe le parti, i combattenti di entrambe le parti osservavano ciò che stava accadendo, aspettando il risultato.

Il capo della delegazione polacca salutò con un cenno del capo.

"A nome del generale Bor-Komorowski, capo dell'esercito polacco degli interni, veniamo a negoziare la resa delle truppe.

L'ufficiale tedesco chiese:

"Quali condizioni vuoi?

"Soprattutto, il generale vuole che tutti i suoi uomini siano considerati soldati e non cecchini. Vuole anche che siano rispettati gli abitanti di Varsavia che non hanno preso parte alla lotta.

"Informerò i miei superiori dei tuoi desideri" rispose il tedesco.

Bor-Komorowski passeggiava nervosamente nel suo ufficio. Era l'unica volta che quest'uomo immerso nella serenità aveva perso la calma. Improvvisamente, uno dei suoi assistenti entrò nella stanza.

"I tedeschi accettano le nostre condizioni.

Komorowski si passò le mani sulla fronte, come in profondo sollievo, poi si rivolse ai suoi assistenti.

«Andrò a firmare la resa nell'ufficio del generale Bach-Zelewski. È lui che ci ha sconfitto.

Si rivolse ai suoi collaboratori e disse:

"Voglio che tu dica ai ribelli che mi congratulo con loro per il loro comportamento. Che ognuno di loro ha fatto il proprio dovere. Meritavano più fortuna, ma non sono riuscito a condurli alla vittoria.

Poi tese la mano ai suoi assistenti. Hanno stretto la mano destra di quell'uomo calmo e freddo. Quindi, seguito solo da un ufficiale, si diresse verso il ponte di Alessandro. Stychel, ancora senza parole, lo guardò passare, a testa alta, infilato nel cappotto e coprendosi con un cappello scuro.

Avanzò con una bandiera bianca fino all'altra estremità del ponte, dove lo aspettava un ufficiale tedesco con un'auto. Si arrampicarono su di lui, rivolgendosi al Komandatur. Il generale non aprì bocca durante tutto il viaggio.

Raggiunto il Komandatur saltò a terra ed entrò nell'ufficio dove lo stavano aspettando Schellenberg e Bach-Zelewski. Rimasero entrambi sull'attenti, chinando il capo.

"Penso che il motivo della mia visita sia molto chiaro", ha detto in tedesco. Desidero concludere il prima possibile.

Schellenberg gli mostrò una lettera scritta in tedesco e polacco. Bor-Komorowski lo lesse attentamente e poi lo firmò, senza schiudere le labbra.

"Il mio assistente darà l'ordine che i ribelli si arrendano entro un'ora.

Bach-Zelewski si avvicinò allora all'altro. Quei due uomini, così diversi tra loro, uno focoso e audace, l'altro freddo e sereno, si guardarono un momento. Alla fine, Bach-Zelewski disse:

"Generale, proprio come credevo fosse mio dovere combattervi con tutto il mio entusiasmo, ora, di soldato in soldato, posso dirvi che vi ammiro e che considero i vostri uomini una delle migliori truppe che abbia mai incontrato.

Bor-Komorowski si inchinò, grato dal profondo del cuore per gli elogi che rivolse alle sue truppe al generale nemico che le aveva rovesciate.

CAPITOLO XX

FINE DI UN'AVVENTURA

Al momento concordato, secondo l'ordine di Bor-Komorowski trasmesso dall'assistente, l'esercito clandestino polacco si arrese. Alcuni, appresa la notizia, tentarono di fuggire, lasciando Varsavia, per unirsi ai partigiani che ancora si aggiravano per le campagne, pronti a continuare sabotaggi e combattimenti clandestini. Di questi, la maggior parte ha raggiunto il proprio obiettivo, ma alcuni sono stati catturati dai tedeschi.

Gli altri, guidati dai loro capi, si arresero e consegnarono le armi.

Pattuglie tedesche avanzarono per i vicoli dello Stare Miasto, dirigendosi verso i posti di comando dei settori. I capi li aspettavano in silenzio e con tratti contratti. Di tanto in tanto risuonava ancora uno sparo isolato, ma la stragrande maggioranza dei partigiani attendeva a braccetto il momento della resa.

Le pattuglie tedesche si allargavano, mentre le truppe ribelli si arrendevano, cedendo le armi e formando una vasta colonna che si dirigeva verso la zona di Komandatur.

Silenziosi, sconfitti, ma non sconfitti, i partigiani marciarono, sorvegliati dalla polizia tedesca, verso le zone di concentramento, per essere inviati ai campi di prigionia.

Le truppe di Von Ritcher avanzarono sul ponte di Alessandro fino al posto di comando del colonnello SS

Pietro si avvicinò alla casa, mezza in rovina, e chiese:

"Dov'è il tuo capo?

Stychel uscì dalla capanna, guardando il suo avversario. Le sue labbra tremarono per un istante, e poi rispose:

"Sono.

Peter e Stanislas si fissarono. Entrambi sembravano esausti, sia fisicamente che moralmente. Ma la mascella del tedesco vittorioso si levò con orgoglio, mentre le pupille del polacco guardavano l'altro con odio e rabbia.

"Attendo la resa delle tue forze. Sono il tenente colonnello...

"Von Ritcher" interruppe l'altro.

Pietro annuì.

«Esatto, colonnello Stychel.

Si guardarono di nuovo, apparentemente imperturbabili. Entrambi sapevano che l'altro non ignorava chi fosse il suo interlocutore.

"Conosci già le clausole della resa firmata dal generale Bor-Komorowski. Spero che li rispetti.

Stanislas esitò un attimo, come se non sapesse cosa fare. Poi si rivolse a Noraczewski e ordinò:

"Che la resa abbia inizio.

Prima che le truppe si radunassero lì, i polacchi avanzarono e consegnarono le armi. Poi si incontrarono in gruppi, e poiché questi erano numerosi, furono condotti dall'altra parte del fiume. Stanislas e Peter si guardarono in silenzio, senza che nessuno dei due parlasse.

Improvvisamente, un colpo sparato da una finestra vicina, abbattendo un soldato tedesco. I "cacciatori" hanno gettato loro le armi in faccia, preparandosi a respingere l'azione, mentre alcuni puntavano i fucili ai prigionieri e ai partigiani che si arrendevano. Peter li fermò con un gesto, indicando:

«Vai a trovare quello che ha sparato. Gli altri non sono da biasimare.

Una pattuglia salì all'edificio, mentre ad un segnale di von Ritcher seguì la resa. In lontananza risuonavano ancora colpi isolati. Le pattuglie tedesche avanzarono attraverso i vicoli con le armi montate, occupando le posizioni abbandonate dai partigiani nella resa.

A un certo punto, ladri e teppisti si sono lanciati sugli edifici in rovina, confidando nel disordine che si era formato in quel momento. Le truppe tedesche, aiutate a volte dai partigiani, inseguirono e arrestarono i malviventi.

Alla fine l'intera colonna di Stanislao fu disarmata e catturata. In gruppi veniva trasferita dall'altra parte del fiume, per essere ammessa. Noraczewski e altri ufficiali avevano già deposto le armi e si preparavano a marciare. Mancava solo Stanislas.

Peter si voltò verso di lui, tendendogli la mano.

"Colonnello" disse ", le sue armi.

Un lampo di rabbia balenò nelle pupille di Stanislas e si portò una mano al petto, estraendo una pistola. Premette il grilletto, sparando naso a naso al suo rivale. Il proiettile è passato innocuo oltre il giovane. Peter si lanciò al polacco, disarmandolo.

I "cacciatori" si voltarono, cercando l'autore dello scatto.

"Deve essere un cecchino", disse von Ritcher. Poi ordinò a Stanislas ": Vieni con me.

Soli, entrarono nell'edificio. Stychel fissò il giovane militare e, non riuscendo più a trattenersi, esclamò:

"Perché non mi uccidi?

"Ho nascosto che eri stato tu a sparare", disse von Ritcher.

Stanislas serrò le mascelle.

"Vuole uccidermi a mani nude?

Peter sorrise amaramente.

"Lo avrei già fatto. Mi hai dato ragioni che mi giustificano davanti ai miei capi. Mi ha attaccato dopo la resa.

Disperato, Stychel urlò:

"Non voglio dovervi alcun favore!

Pietro, imperturbabile, chiese:

"Qualche giorno fa hai cercato di uccidermi in combattimento. Quindi ho avuto una spiegazione. Perché vuoi farlo adesso?

Stanislas si leccò le labbra.

"Per lo stesso motivo. Quindi non è stata una coincidenza, né una possibilità della guerra. Ti ho sparato sapendo chi eri, perché volevo ucciderti.

Peter chiese con calma:

"Vuoi dirmi perché?

Stychel lo guardò per un momento, poi disse:

"Hai ucciso una ragazza. E io l'amavo.

Lentamente, il tedesco ha risposto:

"Anche io l'amavo.

Stychel si mosse furiosamente verso l'altro.

"Cosa significa?

"Quello che hai sentito. Anche io l'amavo, perché era mia sorella.

Stanislas lo fissò stupito.

"Sua sorella? Ma se fosse svizzera.

L'altro scosse la testa.

"No, Aleska von Ritcher era tedesca come me. Quando è scoppiata la rissa, è stata offerta all'Abwehr. Non ho avuto sue notizie, se non per alcune lettere, finché non l'ho vista a Varsavia qualche tempo fa. Non ho mai sentito altro. Poi ho scoperto che era stata mandata a localizzare il posto di comando del colonnello delle SS in modo che potessimo catturarlo.

Stanislas si fece avanti.

"Perché ferisci la tua memoria?

Peter scosse la testa con rammarico.

"Lesionare la sua memoria? Ma non capisci cosa significa? Sapeva che avrebbero preso d'assalto il posto di comando e si è messa davanti a te per fungere da scudo. Prima ha compiuto la sua patria e il suo dovere. , perché anche lei ti amava. Non potevo farci niente, è apparso quando avevo già premuto il grilletto e non potevo fermare l'esplosione. Ho capito in quel momento. Voleva morire con te, se le fosse successo qualcosa .

Stanislas abbassò la testa. Rimase un momento in silenzio, poi esclamò:

"Quindi è tutto diverso.

Pietro annuì.

"L'abbiamo già seppellita. A breve partirò per il fronte russo. Andrò un'ultima volta a deporre fiori sulla sua tomba. Se vuoi lo faccio anche per te.

Stanislas annuì. Poi tese la mano a Peter, che la strinse in silenzio.

Dalla finestra, von Ritcher osservò mentre Stychel si univa a una colonna di prigionieri e si allontanava sul ponte di Alessandro.

FINE

87